マミー・ポプシー日記

Translated to Japanese from the English version of
Momsie Popsie Diary 2.0 Reimagining Life's Tapestry Unleash the power within & Dance through Life's rhythm

Juju's Pearls
Savika & Aaditya

Ukiyoto Publishing

All global publishing rights are held by

Ukiyoto Publishing

Published in 2023

ISBN 9789359201283

www.ukiyoto.com

献身

シュリ・アショク・ジンダル

テレサ・バッティ博士、スバシュ・シングラ博士

すべての友人と親戚 すべての患者

すべての助っ人

私の人生のどの段階も美しかった。

ポプシー／私の父 シュリ・ゴパール・ダス・ゴエル

マムジー／私の母 カイラシュ・ゴエル夫人

すべては思考の種から始まる。

健康で前向きな思考の種が、幸せで、楽しくて、豊かな人生の鍵なのだ。

幸せな人生を送ることは、生まれながらの権利だ。

このスキルは生まれつきのものか、後天的に身につけるものかのどちらかだ。愛は必要な魔法の香りを加える。

人生とは思い出を作ることだ。必ず美しいものを作ってください。

あなたは周囲にインスピレーションを与える存在だ。信じ続け、鼓舞し続ける！

どこに行っても魔法の粉を振りまき続ける。

ニーレシュに心から感謝する。

共著者であるサヴィカとアーディティヤには、知恵と洞察力、そして私の本の主要部分の執筆を手伝ってくれたことに特に感謝している。

私のママ（カイラシュ・ゴエル夫人）とパパ（シュリ・ゴパール・ダス・ゴエル）は私のインスピレーション源であり、私の文章に不思議なエッセンスを加えてくれる。

この作品を、私の人生に触れ、慈愛に満ちた、思いやりのある、愛に満ちた、完全な人間として進化する手助けをしてくれた、この母なる地球上のすべての生きた魂に捧げます。

私は現在進行形で仕事を続けている！

この本の読み方-私の提案

マミー・ポプシー日記（全7回シリーズ）の後編です。

これは、このスクールハウス・アースでの私たちの考え方や魂としての生き方を分類する試みである。

それぞれの魂がキャラクターを演じ、人生を生き、そして舞台を去る。そしてショーは続けなければならない。

このコンセプトを簡単にするために、私はこの本を6幕の劇に仕立てた。

脚本家、監督、プロデューサーは神である。それぞれの魂には、神の教えを取り入れることで、自分のキャラクターに変化を与える力がある』。それぞれの魂は、完全で、敬虔で、力強く、幸せで、やる気と力を与えられたものとして生まれてくる。

その目的は、魂から溢れ出る喜びとともに、幸せで、楽しさに満ちた、充実した人生を送ることである。

各シーンには関連する章があり、マインドセットや現在のトレンドの変化を強調している。

心はスポンジのよう

だから、読者の皆さんには、オープンマインドでこの本を読んでいただきたい。各シーンの後には、読者が感想を書いたり、メモを取ったりできるように、2枚の白紙ページが置かれている。

一番いいのは、どのページからでも読み始められ、どのページからも離脱できることだ。

さあ、朝の紅茶やコーヒーと一緒に、腰を落ち着けて読書を楽しもう。

あなた（読者）がこの芝居の主人公であり、主役である。魂にとっての純粋な至福！

この本の読み方-私の提案

マミー・ポプシー日記（全７回シリーズ）の後編です。

これは、このスクールハウス・アースでの私たちの考え方や魂としての生き方を分類する試みである。

それぞれの魂がキャラクターを演じ、人生を生き、そして舞台を去る。そしてショーは続けなければならない。

このコンセプトを簡単にするために、私はこの本を６幕の劇に仕立てた。

脚本家、監督、プロデューサーは神である。それぞれの魂には、神の教えを取り入れることで、自分のキャラクターに変化を与える力がある』。それぞれの魂は、完全で、敬虔で、力強く、幸せで、やる気と力を与えられたものとして生まれてくる。

その目的は、魂から溢れ出る喜びとともに、幸せで、楽しさに満ちた、充実した人生を送ることである。

各シーンには関連する章があり、マインドセットや現在のトレンドの変化を強調している。

心はスポンジのよう

だから、読者の皆さんには、オープンマインドでこの本を読んでいただきたい。各シーンの後には、読者が感想を書いたり、メモを取ったりできるように、２枚の白紙ページが置かれている。

一番いいのは、どのページからでも読み始められ、どのページからも離脱できることだ。

さあ、朝の紅茶やコーヒーと一緒に、腰を落ち着けて読書を楽しもう。

あなた（読者）がこの芝居の主人公であり、主役である。魂にとっての純粋な至福！

著者ノート

これはノンフィクションである。著者は自分の人生の経験、視点、状況に対処するための対処法を共有している。説教はない。特に断りのない限り、本書に登場するすべての名前、人物、企業、場所、出来事、事件は公表されていない。実在の人物、生死、実際の出来事との類似性は、まったくの偶然にすぎない。

作者はこの６幕の戯曲によって、彼女の人生のマントラを分かち合おうとした。

人生という現象と、それをあらゆる次元で完全に生きる方法を理解するには、また別の生涯が必要だろう。

本の旅

2022 年、私たちの生活は津波に襲われた。そして、結婚後（約 23 年
）の大部分は私のシステムから削除された、
昨年は感情的な喪失の年だった。私は 2 月 5 日に親愛なるバッティ医師を、11 月 30 日には私たち家族のコヒノールであるシュリ・アショク・ジンダルを亡くした。
今回は感情的にも精神的にも強くなりたかった。ナイフで心臓を切り裂かれたような深い痛みがある。歴史を繰り返させるわけにはいかなかった。2015 年にママシーを失った悲しみを克服するのに 5 年近くかかった。私は、私の知る魂がゆっくりと別の領域に渡っていくことを潔く受け入れた。彼らは私たちを見ることができるが、私たちは彼らを見ることができない。パラレルワールドのようだ。
心配しないで！私のママは、あなたの愛する人の面倒を見るわ。彼女は神にとても近く、あの世のやり方を知り尽くしている」。
家族や子供たちに、私はいつも冗談を言う。
誰かがあなたの想いの中にいるときまで、その人はとても生きている。
それぞれの読者が、各章から自分を力づける何かを見つけ、最終的に幸せで、楽しさに満ちた、充実した人生の道を歩むことを学ぶことを願っている。
魔法のような本の世界で、幸せで至福の読書の旅ができますように
！
この世界からあなたの世界へ、また会える日まで。

ジュジュの真珠の作品

・　Momsie Popsie 日記 暮らしのティータイム雑談
・　マイ・マインズ・カフェ 愛の歯のための 28 の物語

その他の著書／アンソロジー
・　#愛の詩
・　私を愛して、あなたが止まるまで！
・　紙の本への気持ち Book1 マイ・ハート・ゴーズ・オン
・　ワイド・アウェイク 第 1 巻
・　私はどのように自分の人生を調整するか！
・　コルカタ日記 第 2 巻
・　夏の波 第 2 巻
・　インドからの物語 第 1 巻
・　テイルズ・イン・ザ・シティ 第 1 巻
・　花びらとチョコレート
・　ナイラの巻
・　ディア・マム

序文

BRAHMA KUMARIS
Bathinda,Punjab

BKシバニ・ラ
ジヨガ・ティーチャ
ー
ブラフマクマリス・バティンダ（パンジャブ州

オム・シャンティ
ジュジュの真珠』というペンネームで執筆している、私の友人である医師で作家のリーマンシュ・バンサール博士のために序文を書けることを大変嬉しく思う。彼女とは 10 年以上の付き合いだ。彼女の病院で検査を受けたり、私たちのアシュラムを訪れたりと、何度も会っている。母親がより高い魂の旅に出たとき、彼女はより頻繁にガイダンスを求めるようになった。彼女は私のスピリチュアルな指導の下、ラージヨグ瞑想を行った。
以前出版された彼女の作品、『Momsie Popsie Diary Tea time chit chat on living life』、『My Mind's Café 28 stories for a love tooth』を読んだことがある。私は彼女をビジョンを持った魂と見ている。旅の過程で両親や生きとし生けるものから学んだことは、すべて章として書き留めている。最も評価できるのは、彼女と彼女の両親（マミー・ポスピ）との献身的で健全な会話の時間だ。彼女の文章はすべて、こうした会話について書かれている。毎日、そのような会話をする時間が割り当てられている。この重要な時期が今の世代の親には欠けており、それが青少年の問題行動の増加につながっている。日々の教訓や考えを書き留めれば、それは恒久的なものになる。彼女のような魂がもっと必要だ。

本書で15冊目（ソロとしては3冊目）となる『Momsie Popsie Diary 2.0』は、魂としての私たちの考え方や生き方を理解しようとしている。この本

は6幕からなる戯曲『人生という奇跡』として書かれている。それぞれの魂は俳優であり、プロデューサー、監督、脚本家は神である。
神の教えを取り入れることで、私たちの役割に変化をもたらす力が神から与えられていることを忘れてはならない。それぞれの魂が、完全で、敬虔で、力強く、幸福で、意欲に満ち、力を与えられて生まれてくるという永遠の真実に重きを置いている。この6幕の戯曲は、各シーンにテーマに関連した章があり、考え方や現在のトレンドの変化を強調している。
本書は、読者が意識的な状態でより高いレベルの生活へと軌道修正するのを助ける。使われている言葉はシンプルで、すべての年齢層に適している。
サヴィカ博士とアーディティヤという若い世代が文学界にデビューしたことをうれしく思う。
この本、そして今後の彼女のすべての活動において、幸運と成功を祈りたい。
オム・シャンティ

プローム

6 月 18　日は、時間軸は違えど、初恋と初悲しみを経験した特別な日だ。24 年前、私は最愛の人に会うため、ムンバイ-デリー間のラージダニ・エクスプレスに乗った。私の愛の試みはこの日から始まった。

8 年前、夏休みに故郷のニューデリーを訪れたことが、私の人生を大きく変えた。2015 年 6 月 18 日　、木曜日、母は私の膝の上で息を引き取った。私の一部は彼女の薪に埋もれた。これが私の悲しみとの逢瀬だった。終結まで 5 年近くかかった。よくわからないんだ。でも、そう、今、私がママンのことを話すとき、涙が頬を伝うことはないし、声が震えることもない。私は愛する人を亡くした人たちと自分の経験を分かち合っている。

そういうときにどう振る舞えばいいのか、大多数がわかっていないことに気づいた。悲しみは彼らを息苦しくさせ、蓄積された圧力を解放する方法は見つからない。主なジレンマは、分かち合うか分かち合わないか？もし共有するのであれば、正しい人物を追求することが必ずしも良い結果をもたらすとは限らない。私生活、仕事、友人関係、人間関係など、あらゆる領域で、どのような道を辿り、どのように振る舞い、どのように対応すべきか、混乱が生じる。私は 40 年以上にわたって学んできたことを、6 幕の劇を通して、これらの対処法を紹介しようと試みた。各シーンには、神経細胞の芽を刺激し、人生に対する偏りのない、フィルターを通したアプローチを提示する、さまざまな思考料理がある。

最良の教師は両親であり、後に大自然と自分を一致させる場合には子供たちである。結婚と子育ては 2 大制度である。私の僧侶たちはこう教えている

彼らが私たちの生活に入ってきてからというもの、私はたくさん助けてもらった。一瞬一瞬が、彼らとの学びの場なのだ。

人生は共有するものであり、分析するものではない。

私たちはみな進化している。
Unburden# 悲しみを解き放ち、辛い記憶を削除し、システムをリセットする。
私たちは皆、スピリチュアルな存在であり、人間的な経験をしていると私は確信している。
あなたの人生をリワイヤーし、再起動させ、再設計する。

″他人の治癒を助けることは、自己治癒への道である″

-ジュジュの真珠

謝辞

感謝と愛に満ちた心で、この 40 年間、私の人生に感動を与えてくれたすべての人々に謝意を表したい。
私の内なる力を解き放つ手助けをしてくれた批評家たちに心から感謝している。
人間は遺伝的構成と周囲の環境の集合体である。私の人生には、私を進化させてくれた素晴らしい刺激的な人々に恵まれている。
家族以外の友人、読者、同僚たちは皆、私のそばにいて、私の文章力を磨くのを助けてくれたし、私を疑うこともなかった。そのおかげで、さまざまなジャンルを試すことができた。彼らは私のインスピレーションの源であり続けている。
私はノンフィクションというジャンルに戻ってきた。自分の人生経験を分かち合うとき、私は最もよく伝わると感じている。
私は "Aspire to Inspire "を信じている。

「人生という奇跡」6幕

劇

舞台スクールハウス・アース プ

ロデューサー・脚本・監督

GOD 主

人公：あなた（読者）

コンテンツ

コンテンツ

シーン 1
幸せで意欲的な人生のマントラ

1. 幸福のバブル

この40年間で、私たちはみな自分の心の中で生きており、人生の不利な状況においてショックアブソーバーのような役割を果たすバブルを作り出していることに気づいた。

私はよく母と、母は自分の人生を完璧で幸せなものとして描いている、と話し合ったものだ。彼女は子供たち、孫たち、親戚たち、彼女に関わるすべての人を褒め称えた。彼女（私の母）にとって、夫は最高で、子供たちとその配偶者は優秀で、誰もが彼女を愛し、尊敬していた。私はよく、『お母さん、物事はあなたが言うほど完璧じゃないのよ！』と言ったものだ。私の人生は至福の時であり、神はいつも私に優しく接してくださる。この状態は、彼女がより高みへと旅立つ数カ月前まで数年間続いた。

デリーを訪れたある日、私は父にこう言った。どうして彼女は現実を直視しないの？彼女は前向きで、感謝の心を持っている。

ママはお茶を持って来て、いつもの笑顔で、私たちは至福のひとときを過ごした。この短い会話の後、私は母にこの話題を持ち出すことはなかった。彼女は数カ月後に去った。

季節は移り変わり、年月はあっという間に過ぎていった。母が出て行ってから、もうすぐ96カ月になる。今、この同じ思いが再びよみがえった。父と話すたびに、彼はいつも幸せそうで満足げで、みんなを褒めていた。彼にとって、彼の人生は完璧であり、一瞬一瞬に祝福と感謝を感じている。私は彼に厳しい現実を見せることについて、同じ過ちを犯す寸前だった。見えない力が私を強く引き留めた。それはラジュー、お父さんは幸せなんだから、そっとしておいてあげなさい！誰もが心の泡の中で生きている。彼らの精神的、情緒的な安全にとって非常に重要なことなのだ。誰かの幸せの泡に穴を開けてはいけない」。

私は唇を曲げ、笑みを浮かべた。私にも幸せの泡がある。

誰も幸せの泡に穴が開かないよう、全能の神に祈りたい。私たちは泡の中で浮き上がり、人生の荒波に見舞われるたびに、より高く跳ね上がっていこう。

]]]

2.私は最高の自分だ

友人が職場に会いに来てくれた。と尋ねると、「リフレッシュしに来ました」と即答した。

温かい紅茶を飲みながら、心配事が忽然と消える私の仕事場へようこそ。

「空の巣症候群」は、恐れを知らぬ40代の私たちの多くが知る存在だ。母親は家族を中心に自分の人生を紡いでいく。子供たちが成長するにつれ、巣立つ時が来る。女性は、彼女の中の母親は、虚しさを感じ始める。私たちの多くは自分の価値を疑い始める。

ネガティブな思考がポジティブな思考に取って代わるため、この時間が最も重要なのだ。私たちが水を利用して水力発電をするように、私たちの思考も、建設的で前向きな思考に力を与えるために、水路を確保しなければならない。

私たちはたった一人でこの世に生を受けたということを、いつも忘れないでほしい。この人生の旅路の中で、私たちの内輪や外輪として、次第に多くの人々が私たちに関わるようになる。

20 代半ばか 30 代前半になると、（私たちの大多数にとって）結婚、そして子どもの適切な時期がやってくる。旅は自分のペースで展開する。砂粒がアワーグラスを通り過ぎるように、私たちの人生にも徐々に別れを告げ、去っていく時がやってくる。運がよければ、その交友関係は何十年も続く。遅かれ早かれ、どちらかがこの世を去らなければならない。またしても、私たちはひとりぼっちになってしまった。

この世に出入りするのは自分ひとりだ。双子や三つ子は無視してください）。人生の旅路において、人は誰かに、あるいは誰かに執着しすぎてはならない。離脱の理論を実践し続ける。これが、充実した人生を送る助けとなる。"私はこれでいいのか？"と自問自答することは決してない。

どうか覚えておいてほしい。自分自身を中心に置き、フォーカスが外面的なものから内面的なものへと移ると、人生がどのように変わるかを目撃しなさい。あなたの人生のリモコンをあなたの手の中にしっかりと。

最高の自分になることに集中すること。

止まれ！ポーズ！息をして！そして、自分が一番だと思い始める。

]]]

3.ケ・セラ・セラ

ケ・セラ・セラ「なるようになるさ」、この言葉は永遠の意味を持つ。しかし、私たちは必要以上に考え込み、精神の平穏を乱しがちだ。

人間の心には 2 つの声がある。同時に、これらの声は私たちを反応的に、あるいは衝動的に、あるいは積極的にさせるシグナルを送る。悪い声は（区別するために）チョコレートの包み紙を開けて一口食べようと催促するが、良い声／別の声は遠慮し、深夜にチョコレートを食べた後遺症を合理化しようとする。

キーボードに指を置き、目はノートパソコンに釘付けになり、何を思ったか右手がサイドテーブルに伸びる。チョコレートは今、私の手中にある。私はすぐにチョコレートの包み紙を破り、一口かじった。もう一人の声は溺れたように小さくなり、悪い（この瞬間は支配的な）声は悪魔的な笑みを浮かべる。私の良い声は、悪い声と議論しても無意味だと知り、降参する。

それから数分で、40 グラムのチョコレートはすべて私の口腔咽頭、食道を通り、胃の中に収まる。この喜びは一時的なものだ。ひとたび仕事が終わると、この無責任な行動の重荷から逃れるかのように、悪い声は冬眠する。良い声が引き継がれ、選択の余地はない。罪悪感、意志の欠如など、問題が表面化してくる。娘に「おやすみなさい」を言うために携帯電話を見ると、「Que Sera Sera」という彼女のステータスに「いいね！」を押している。鼻歌を歌いながら、私は自分の声と決着をつけ、心の平穏を取り戻す。

長い時間の後、私はシンキング・キャップをかぶり、トランス状態で座っていた。数え切れないほどの考えが頭の中を駆け巡る。レフェリーのようにね、無駄なものはどんどん捨てて、"考える材料 "になるものは脇に置いておく。独り言は、ある種の病気の兆候なのだろうか？私はそうは思わない。

スワミ・ヴィヴェーカーナンダはこう言っている。"自分自身と時間を過ごしなさい。そうでなければ、人生で最高の人に出会う機会を逃すことになる"。私たちの聖典や学識者は言う、"私たちが外に求めるものは、すべて内にある。「私たちはどこで道を誤りがちなのか。すべては全知全能のマスタープランであり、なるようになるさ。なぜ今を生きられないのか？サドグルは言う。"人生は今起きている"。

過去が現在にあるのなら、それは過去ではない。未来という言葉はフィクションであり、人間に今この瞬間の重要性を理解させるためのものでしかない。過ぎ去った瞬間は過去であり、これから訪れる瞬間は未来である。別の次元の話だ。現在というのは、私たちが実際に手にしている唯一の時間と空間の次元である。

つの内なる声をコントロールし、主体的に行動できるようになるために、毎日、少なくとも 1 時間以内は自分自身と向き合うことを誓おう。結局のところ、ケ・セラ・セラなのだから、心配する必要はない！

]]]

4.フォーフォーティー・アム

午前 4 時 40 分

この言葉と時間は私の心にとても近い。あの頃はそうだった！私はあなた方を、私たち全員が普通に暮らしていた時代、#コビド以前の時代にお連れします。医学部に通っている私の年長の僧侶は、彼女が来る週末はいつも、月曜日の午前 4 時 40 分発の PRTC（パンジャブ道路交通公社）バスで出発していた。このゴールデンタイムは純粋に神聖なものだった。午前 3 時 30 分に起床し、お茶の準備、朝食のパッキング、身支度などをして午前 4 時 30 分までにバススタンドに到着する。

以前、私は州道のバスサービス、特にパンジャブ州道について誤解していた。以前は非常に危険だと感じていた。長老の僧侶のおかげで、私は偏った考えを改めることができた。長年にわたり、これらのバスサービスは安全で、運転手や車掌は協力的で礼儀正しいと私は感じていた。温かい笑顔で迎えてくれる。マム、心配しないで、医学部の目の前でバスを止めるから」と言われると、不安は消える。

バススタンドに着いて初めて運転手に話しかけ、彼の健康状態、睡眠、空腹状態について尋ねた。運転手は私の心配を察して、「マム、初めて被後見人を降ろしに来たようだね」と、とても安心した様子で答えた！僕らにとっては日課なんだ。よく眠るし、酒も飲まない。

徐々に、時間をかけて、私は信仰と信頼を深めていった。月 2 回だった月曜日の朝の儀式は、3 週間に 1 回になり、徐々に増えていった。パンデミックの発生とともに、この瞬間は大切な思い出となった。多くの学生や常連の人々と親しくなった。熱狂的バスを待つ学生たち、仕事に出かける人たち、そして私のような親たちは、いつもこの "国道の王様 "に心の一部を預けていた。

それ以来、私はすべての国営交通機関、特にバスを祝福することを学んだ。すべての運転手、車掌、乗客にポジティブな波動と祝福を送り、職場や自宅への安全な旅を祈ります。

同じように、上の子が二輪車に乗り始めたとき、私の二輪車に対する考え方が変わった。以前は、道路上で迷惑な存在だと感じていた（正直なところ！）。その後、私は軽自動車と大型車という四輪車の大きな世界で、彼らを10代の乗り物として受け入れた。そして、その受け入れ態勢が整うと、私は道路を走るすべての二輪車に祝福と祈りを送り始めた。

このパンデミックによって、多くの大切な日常が思い出となってしまった。もうひとつ重要なのは、制服とランドセルを背負った子供を見ることだ。学校に着くと元気な笑顔を見せ、校門に向かって手を振りながら走る姿は、かけがえのない瞬間だ。心配事はすべて消える。

誰にでも心に残る特別な時間や瞬間がある。

あなたの好きな時間は？

]]]

5.不規律対規律

赤ん坊はこの世に生まれ、自由で、自然で、純粋である。家族全員が、次の瞬間から小さな子供にしつけを教え込もうとする。食事のスケジュール、入浴のスケジュール、トイレのしつけなど。どういうわけか、新生児が何を学ぶかは、教師である両親や家族の学習経験に左右される。

最初の数年間は、のんきで天真爛漫な魂が、家族や社会の価値観に従って調整される。すべてが白か黒かで、移行ゾーンがない。正しいか間違っているかのどちらかだ。子供は徐々に、規律正しく文化的な人間になる。巣から飛び立つ時が来ると、状況は一変する。

乗船を歓迎する！この世界はあなたの人生の舞台だ。異なる文化や伝統に触れることができる。私たちの多くは、規律ある型の中で息苦しさを感じ始める。幸運なのは、キャストの破断をコントロール／修正し、ありのままの人生を受け入れることができる人たちだ。この呪縛が解ければ、不規律が生まれるに違いない。それはいつもすぐそこにあり、チャンスを待っている。

不規律には多くのアリバイがある。緩慢な毒のように、健康面、経済面、個人面などあらゆる面で悪化が始まる。40 年近く、私は突然殴られるまでは規律正しい生活を送ってきた。人生に対する考え方が変わり、不規律が生まれた。私の母は、8 年前、私の膝の上でより高みへと旅立った。

考え方が変わり、今までやったことのないようなことをするようになった。言い訳は、「ついに一人が去らなければならなくなった！誰も自分の火葬場や墓場まで歩いていくことはない。だから、明日がないかのように生きなさい」。理念は正しかったが、それを達成するための手段が正しくなかった。

次第に体重が増え、社交界から遠ざかり、内向的になった。これは私の行動全般、服装のセンス、食習慣などに反映された。私は天国の天使によって、この段階から揺り起こされた。彼女は私の夢に出てきて、こう言った。これが私がいなくて寂しいという表現なの？いや、自分の不躾さを正当化するための口実を探しているだけだ！」。

翌朝の光線は、私の人生に明晰さと希望をもたらした。私のビジョンは明確だった。不規律な生活から規律ある生活に戻った。今では、プライベート、仕事、社交など、あらゆる分野でそれが表れている。

緑の草原と息をのむような滝が両側にたくさんある、退屈な岩だらけの修行の旅だ。何があろうと、自分の道から動かず、旅を楽しめばいい。

私たちの自然は、土地、水、空、火、精神といった生命のあらゆる要素と完全に調和しながら、規律正しい方法で機能している。私たち人間は、規律正しく、自然と調和して生きることを学ぶべきだ。

不規律な半世紀を経て、私は規律正しい生活に戻っている。全員が自分の道を賢く選ぶことを願っている。

]]]

6.子供のレンズを通して反抗するために生まれた

P.S.この文章は、私が子供の頃に感じた実生活の逸話にユーモアを加えるために、軽い調子で書いたものである。自分自身に忠実であれば、同じ思いを抱くことになる。

反逆者とは誰か？その定義は活動領域によってさまざまだ。私は自分を生まれながらの反抗期と定義している。私は、食事に余分なギー（油）を注いだり、牛乳をコップ一杯（ほとんど溢れるほど）注いだり、ヨーグルトにすりおろしたヒョウタンを加えたり、スプーンやフォークでは取り分けられないほど野菜を細かく刻んだりして、母の愛を示す表現方法に挑戦した。そして、人はそれを食べてしまう。この行為は、小さな子供にとっては凶悪な犯罪のように思える。昼食に何を作るか聞いているにもかかわらず、母はまったく別の料理を作る。子供（ここでは私自身を指す）にとって、母親はジャイ・チャンドと何ら変わらないように見える。

太陽のまわりを旅するにつれ、私の中の反抗心が牙をむき始めた。時には、私が母の知恵を早めるのに役立ったと感じることもある。ほとんどすべての信念に挑戦するような子供を扱うのは、私の創造主にとってとても難しいことだったに違いない。インドのラジャスタン州マウントアブのディルワラ寺院の外にあるボードについて、私はとても声を荒げていたのをはっきりと覚えている。生理中の女性は寺院に入ることを禁じられた」と明記されている。信じてくれ！私のママは、この言葉の背後にある論理を私に理解させることができなかった。

子供の頃、些細なことで洗面所に閉じこもったことがある。そのとき、私は心の底から泣いた。

ラッチを開ける。私の母親は、家事手伝いの人（幸い彼は小柄だった）にバスルームの窓から私を脱出させなければならなかった。叱られることはなかった（今となっては、叱られて当然だと思うが）。むしろ母は、子供の健康を心配していた。

ある時、母は私が学校に通っている間に、私のお気に入りのフロックのラベルを何枚か切ってしまった。ハサミを使ったこの行為が、不愉快な昼と夜をもたらすことになろうとは、彼女は想像もしていなかったに違いない。学校から戻ったとき、私は傷つき、裏切られたと感じた。私はダブルベッドの下にもぐりこみ、心の底から泣き叫んだ。数あるドレスの中で、なぜ彼女は私のお気に入りのドレスを犠牲に選んだのだろう？私は 2 時間近く泣き続けた。母が膝を折り曲げてベッドの下に腕を広げ、私に手を伸ばそうとしたのを鮮明に覚えている。私は彼女から離れ続けた。私の単調で鋭い叫び声に、兄や姉たちは心底苛立った。彼らは母に私を一人にしてくれと言い続けた。でも母は、"あの子はお腹を空かせているんだから、放っておけるわけがない"と言った。

マラヤーラム語の友人と学校のティフィンを交換するのが日課だった。パランタ／プーリー／ピクルスはイドリー・チャツネと交換された。そして「物々交換システム」を学んだ。私の母は、パランタやポーレイを余分に持ってきていた。

根っからの反逆者ではあったが、私はいつも彼女の無条件の愛とサポートを感じていた。私の記憶に鮮明に残っているのは、母方の祖父母を訪ねる列車の旅である。ポプシーが同行しているような印象を受けた（私は彼ととても親しい）。兄弟たちは、ポプシーが私たちを駅まで送りに来たことを知っていた。列車が発車したとき、私の鼓動は高鳴った。電車に乗り遅れたのかと思った。私は助けを求めて叫び、母にチェーンを引っ張ってくれるよう頼んだが、無駄だった。彼女は私に、お父さんは次のバスに乗ったのよ、と言い続けた。どの駅でも、私は彼を一目見ようと待った。私は旅の間、6 時間ずっと泣いていた。目的地に着くと、裏切られたような、後ろから刺されたような気持ちになった。私は自分自身に誓った。

兄弟。突然、彼らは異星人に思えた。どうして 7 歳の子供にこんなことができるのか？その不運な夜、私は泣きながら眠りについた。

さらに困ったことに、兄姉は私を養子のように思わせようと全力を尽くしてきた。彼らがいつも話してくれたのは、こんな話だった。全員が巡礼地に行っていた。私の両親は、施しを求める物乞いの腕の中に、とても色白でかわいい子供を見つけた。悲惨な結果になるぞ」と脅すと、乞食は子供を渡した。子供は可愛かったし、両親は子供を置いていく気になれなかった。こうして、私は家族の一員となった。信じられるかい？母は文字通り、私が生まれた病院の記録を見せなければならなかった。このほかにも、今では私の大切な思い出の一部となっている（本当か？

それから何年も経ち、これらの出来事は、私たちが冗談を言い合う大切な思い出となった。母はしばしばこう回想する！あなたが私たちみんなに与えてくれたものは、なんとつらい時間だったことだろう。神が自分のような子供を授けたなら、初めて子育ては芸術だと気づくはずだ。

子どものレンズを通すと、これらの事件はすべて、背任行為や不正行為の要素を含んでおり、人生を変えるものだった（Ha！ハッ！）。今思えば、私はもう少し厳しく育てられて当然だった。両親や家族の無条件の愛とサポートのおかげで、今の私がある。子供たちが 40 代になって振り返ったとき、"お父さん、お母さん、よくやってくれたね "と言ってくれることを神に祈ります。あなたは素晴らしい。

あなたは素晴らしい両親で、公私ともに私たちに生き方を教えてくれました。私たちがあなたのように、あるいはあなたに近い存在になれるように祈ってください」。

読み続ける #シェアし続ける #インスパイアし続ける #輝き続ける

7.T&C 適用

どんな重要な書類でも、約款が非常に小さく、肉眼ではほとんど見えない大きさで記載されていることに、誰もが気づいているはずだ。この戦略には理由がある。大きく明白に見えているものが関係しているが、一番下の小さなアルファベットが核心を形成している。そのため、人はしばしば、小さく書かれた内容を無視して、売り手が私たちに読ませたいものを読んでしまいがちだ。売り手は、買い手自身よりも買い手の心を知りすぎている。これは、最も古くから試されてきた魅惑のテクニックのひとつである。

T&C は私たちの生活のあらゆる側面に当てはまる。あらゆる仕事領域、あらゆる人間関係には条件が存在する。母なる自然は、自らの法則によって無垢な形で機能している。法律に挑戦する種族は、怒りに直面する傾向がある。そのような事件は数え切れないほどある。

人間の野生のエネルギーを利用するために、社会の学識ある宗派によって一定の条件が定められた。幼少期から、これらは徐々に取り入れられる。家の中では、誰もが割り当てられた役割を持ち、家族の平和、安全、幸福、進歩という共通の目標に向かって働く。定期的な出席、課題の提出、試験など、学校はさまざまな条件で機能している。人が成長すれば、それに応じて条件も変わる。

労働文化と結婚には、それなりの条件がある。より大きな脚本は、勤勉、健康、幸福、喜び、平穏など、ポジティブでやる気を起こさせるあらゆる価値観を扱っている。小さい方の台本には、失敗、病気、悲しみ、ストレスなど、ネガティブなことがすべて書かれている。小さな脚本に焦点を当てると、次のような傾向がある。

人生に懐疑的で恐怖を感じるようになる。しかし、より大きな台本を大きな声で、確信を持って読むことができれば、人生をより有意義に生きることができる。ここで売り手は神であり、彼は母なる地球を守るために、ある条件付きで美しい人生を売っている。

しかし、より大きな脚本に集中すること。自分の人生におけるT&Cを内省する時だ。

(注意：この本を読む条件は、最大グループでこの本を共有することである）。

本当のところ、私は条件なしにすべての読者を愛している。

]]]

8.PES だ！

私は職場に座っている。知っている友人がやってきて、私の手に手を伸ばした。彼女はそれを持っている。これには驚かされた。私の不快感を察知したのか、彼女はボソッと言った。「あなたは PES ですか？私は言い返した。彼女は無表情だった。私は彼女に、「PES はポジティブなエネルギーを求める人、あるいは吸盤を意味する。あなたはどのカテゴリーに属しますか？彼女は微笑みながら、"明らかに、求道者 "と言った。

お茶を飲みながらの会話は、些細なことから人生を変えるような体験にまで及んだ。45 分後、彼女は自信に満ち溢れた様子で立ち上がった。PES、大切なのはシーカー（探求者）。「ポニーテールを揺らしながら歩く彼女の歩幅には、スパートがかかっていた。私も充電され、ポジティブなエネルギーで満たされていると感じた。

日々の生活の中で、私はカモを警戒し、うっかりシーカーを招いてしまう。両者の間には髪の毛ほどの差がある。この違いを認識することが最も重要である。周囲の波動やエネルギーに気を配る。吸盤の場合、不快感や息苦しさを感じるが、シーカーの場合は空気が軽く新鮮だ。uc "という 2 つのアルファベットが "ee "との違いを生み出している。

すべてはその人の心の持ちよう次第だ。幸せで平穏な心は求道者を惹きつけ、悲しく落ち着きのない心はカモを惹きつける。重要なのは "uc: you see "である。何としても避けたい。やむを得ない事情がある場合は、ミーティングをできるだけ短時間にすること。求道者の輪を持つことで、自分のバッテリーが常に充電されていることを実感できるだろう。バッテリーを消耗させないこと。

(ポジティブなエネルギーの流れは、求道者の場合は両方向であるべきで、自分が消耗することはない。今度からは、相手が誰なのかを自問自答してほしい！PES（シーカー）と PES（カモ）の違いを学ぶ。毎日、心のバッテリーを充電しよう。

ハッピー・チャージ

]]]

9.モバイル・ワールドのモバイル

ゼブラゾーンの横断歩道で、道路脇で道路を横断する順番を待っていたとき、この言葉は私に衝撃を与えた。二輪車であろうと四輪車であろうと、ほとんどすべてのライダーが片手に携帯電話を持ち、もう片方の手でハンドルを握っていた。通行人や歩行者のことなど気にも留めていないようだ。すべての表情と思考が、携帯電話の向こう側にいる相手とシンクロしているように見えた。道路を横断するのが怖く思えた。人間はなぜそんなに急ぐのだろう？どのサーキットを走っているのか？マルチタスクは良いことなのか？もし答えがイエスなら、その代償は？"

彼らはすでに物理的な移動状態にある。さらに付け加えるなら、心もまた移動状態にある。全神経を集中させなければならない仕事（ここでは運転のこと）に集中できるわけがない。自分の命だけでなく、他人の命も危険にさらされているのだ。毎日、私たちはこのような場面を目撃し、何度もこのような場面を演じている。私たちは皆、立派な俳優だ。神は私たちに、喜び、大切にするための美しい人生を与えてくださった。呼び出しに応じるという緊急の一瞬のために、どうして自分の命を危険にさらすことができるのか？

猛烈なスピードで発展するこのデジタルの世界で、人間は道程を楽しむことを忘れてしまった。ブレーキをかけ、車を片側に寄せて停車し、電話を受けるか、人生を楽しんでください。一度くらい、このモバイルの世界で動かない練習をしてみよう。切断して接続する！違いを見て選ぶ。人には常に選択肢がある。賢明な選択を。

10.人生の教訓

明るい土曜日の早朝、デリーの曇り空。私はお気に入りのスニーカーを結び、公園へ散歩に出かけた。一歩一歩進むたびに、人生がより鮮明に見えてくるなんて。目の前の公園では、人生の輪がすべて動いているようだった。

見慣れない顔がほとんどだった。幼い頃から覚えている顔が、異次元に渡ってしまったようだ。公園は活気に満ちていた。乳母車に乗った幼児、スポーツをする子供、ランニングやウォーキングをする若者、ベンチで談笑する老人、オープンジムでエクササイズをする数人。緑の芝生広場には、少人数のヨガクラスがあった。中央の空き地はヒップホップダンスクラスのステージだった。この光景に私は魅了された。鳥がハーモニーを奏で、蝶がひらひらとリズムを刻み、リスが木から木へと走り回る。圧倒される思いだった。すべての場面で、さまざまな年齢層の自分を思い浮かべることができた。ハロー・ジュジュ！」で私のトランス状態は破られた。振り向くと、隣人が母親を連れていた。その認識によって、私の喉にしこりができた。その老婦人は厳格な人で、道路であれ公園であれ、私たちの遊びのすべてに首を突っ込んできた。彼女はいつも意地悪な落胆のコメントを残していた。かつては力強い女性だったが、今はアルツハイマーを患い、歩くのに介助が必要な虚弱体質になっていた。挨拶を交わし、私は散歩を終えた。ずっと並行したシーンが頭の中で流れていた。30 年前に私がいた場所には新しい子供たちが増え、多くの隣人の顔が消えていた。

母なる大地は、生命の輪の意味をまたひとつ教えてくれた。私は有名な歌の一節を思い出す。

"メインパル・ド・パル・カ・シャヤール・フーン、パル・ド・パル・メリ・カハニ・ヘイ.

Kal aur aayeinge mujhse behtar gaane wale aur tum se behtar sunne wale....(明日には新しい詩人が現れ、新しい聴衆が増えるだろう......」）。

人生という奇跡を楽しもう。

]]]

11.イニングス 2.0 の天使

(これは、私の親愛なるテレサ・バッティ叔母博士への弔辞です)

「雪のように白く美しい親愛なる叔母の横に座っていると、この知恵の真珠を思い出す。この動かず静かな姿は、まるで全能の神が母なる大地に舞い降りたかのように神々しく見えた。もはや目は開かず、唇も動かない。重い気持ちで彼女に別れを告げると、結婚後の私の第 2 の人生が、驚異的な超音速で目の前に飛び込んできた。

結婚後、私は拠点を大都市から小都市に移した。人生は20年ほど後退したように思えたが、これはマイナス面だった。明るい面では、私は多くの素晴らしい、思いやりのある、純粋な魂に出会った。そのような高貴な魂の一人が、1 週間前に高次の旅へと旅立った、私たちのとても親しい家族の友人である。彼女は私の人生で多くの役割を飾った。最初は叔母であり、次に婦人科医であり、仕事上の同僚であり、後に友人であり、第二の母であった。彼女にはコミュニケーションのコツがあった。彼女はすべての人をとても心地よくリラックスさせてくれた。彼女は性別も年齢も違う人たちと話す術を知っていた。彼女は熱心な読書家であり、その分野における最新の進歩に常に注意を払っていた。彼女はいつも感謝モードで、不平不満を口にすることはなかった。

私たちは35歳ほどの年齢差があったが、まるで相棒のように仲良くなった。彼女とは、批判されることを恐れずに何でも話し合うことができる。彼女は素晴らしい消化システムを持っていて、すべての話をうまく消化しているようだった。人生、結婚、職業、人々、宗教などについて多くを学んだ。ディスカッショ

医療分野では常に患者のためになる。彼女は患者に最良のものを提供するために、多大な努力を払う。彼女は私のブログの最年少の常連読者の一人だった。彼女はメールではなく、いつも電話で私の投稿に対する意見を述べた。彼女の価値観は私の母にとても似ていた。自分の魂のバッテリーが充電不足だと感じたとき、私は何度も彼女の朝食に付き合ったものだ。この短い交流で、私は一瞬にして充電された。神々しい魂のオーラだ。

私の気持ちを表現するには、言葉では決して足りない。空白はますます大きくなっている。私の愛する人たちは、パラレルワールドで別の次元に渡っている。私は彼らを見ることはできないが、彼らはいつでも私を見ることができるのだと自分に言い聞かせる。ベストは彼らの価値観で生きることだ。彼らはここにいるだけで、私たちの中にいるが、平行次元にいる。そのような魂は私たちの守護天使となり、常に私たちを導いてくれる
。

私は彼女の息子たちから、彼女の祈祷会を執り行う名誉を与えられた。これが、私を妹として受け入れる彼らの方法だった。

私たちは、愛と多くの敬意をもって彼女の旅を記憶している。彼女の誕生日は私の誕生日の 4 日前だった。私はいつも彼女のことを「ヘイ、セクシー」と呼んでいた！どうした？そして彼女は微笑み、顔を赤らめ、"あなたは私の若い頃を見たことがないでしょう "と言うのだ。そして彼女はノスタルジックになり、ホステルの生活を思い出し始める。バレンタインデーを待たずに、愛を表現してください。愛は最も強力な感情であり、完全な表現を必要とする力である。

愛し続け、思いやり続け、読み続け、分かち合い続ける。"誰かが私たちの思いの中にいるときまで、その人はまだ私たちの思いの中にいる。

生きている！"

12.友人を呼ぶ

週末に友人にお悔やみの電話をした。私の友人は数日前に父親を亡くした。父親は私のブログや本の熱心な読者だった。私の一番若い読者は88歳です。会話の途中で友人が言った！あなたの本『マミー・ポプシー日記』を読みました。読んでいて感じたのは、あなたは突然、ある話題から別の話題に飛ぶということです」。

私は何気なく、「人生でもまさにこういうことがあるんだよ」と言った。人生で次に起こることを予測したりコントロールしたりすることはできない。これは日記であって、小説ではない。

そうそう、日記だよ。あなたは心から書いている。あなたの本は、父が自分で読んだ最後の本です。一番いいのは、どこにでも置いておけるし、どこからでも始められることだ。書くことへの情熱を持ち続け、分かち合い続けること。

私は考える帽子をかぶった。私は彼にお悔やみの電話をした。私たちの会話は、お互いを鼓舞し合うことで締めくくられた。これは私の言葉を補強するものだった、

"人の治癒を助けることは、自己治癒の道である"

]]]

13.私は微笑むことを選ぶ #私の誓い

ブラフマ・クマリの姉妹との交流は、いつも門戸を開くようなものだ。言葉のひとつひとつに未踏の知識と深みの海があり、それは人生の目的を洗練させ、再定義するのに役立つ。

ダディ・ジャンキがヨーロッパを訪れたとき、悲しみや悲惨な状況を目の当たりにして、微笑むことを誓った。彼女は、少なくとも自分の側からは、彼女と接触する魂にすでに存在する重荷を増やすことはないと断言した。これは彼女のカルマの勘定をプラスに保つ方法だった。当初、多くの外国人はダディが自分たちを馬鹿にしていると思い、気分を害した。そして徐々に、彼女の誓いと笑顔の理由を知るようになった。それが彼女への大きな尊敬を生んだ。

私はこの美しい考えに感銘を受けた。小さな努力が大きな変革につながる。私たち一人ひとりが責任を持てば、やがて地球は天国になる。それぞれが、外側の世界から自分自身の内側の世界へとフォーカスを移す必要がある。私たちの行動や日々の習慣をひとつでも変えようとすれば、それはより幸せな世界への足がかりのように作用する。

この逸話に触発され、私は誓いを立てた。私はいつも笑顔を絶やさない。たとえ誰かの苦しみを和らげることができなくても、私は意識的に努力し、苦しみを増やさないようにする。一人一人が、一人を鼓舞することを志す。このような連鎖反応は、世界をリセットするのに役立つだろう。

コメントを残すとき、あなたが笑顔でいることを願っている。

14.私たちは自分の人生にいる人のことを本当に知っているのだろうか？

私たちの中には常に、他の人には知られていない部分がある。人はそれぞれ、自分だけが知っている秘密の存在を持っていて、誰とも共有することはない。配偶者であれ、子供であれ、両親であれ。兄弟姉妹やその他の親族は第 2 階層に入る。しかし、その成分は微量であっても、内部に蓄積され続ける。幸運なのは、耳を傾けてくれる人や判断しない人を見つけることだ。すべての魂はそれぞれの旅路にあり、それぞれの時間軸で生きている。

周囲の環境、状況、機会は人によって異なる。誰も誰かの人生を誰かと同一視することはできない。自分が考えている以上に、あるいは自分が知っていると主張している以上に、多くのことがあるという事実を受け入れる必要がある。私たちの大半は、愛する人、特にその子供たちのことを知っていると自負しているが、実際には、少なくともこの生涯において知ることはない。それはその人の心の宝箱に隠され、その人と共に留まり、その人と共に行く。この殻は滅多に割れない。

これは、すべての母親のために分かち合う、別の記事である。母親として、私たちは子供たちの人生に何が起こっているかを知っているという事実に誇りを持ち、この母親としての世界に到達し、達成感を感じている。現実は違う。自分自身の進化と内面の変容のために、現実を確認することは重要だ。子供が生まれる瞬間には、母親も生まれていることを思い出すべきだ（父親も同様）。出産前に完璧な母性、むしろ親としての度量を与えてくれる学校や大学はない。この子育ては、自分の子供が先生となる旅なのだ。

私たちは、家庭、学校、大学、オフィスなど、一日の中でさまざまな場所でさまざまな交流をしている。どんなに子供たちと仲良くしようとしても、そこには違いがある。私たちの多くにとっては、愛する人の人生に何が起きているのかわかっているような気がするので、奇妙な理論に見えるかもしれない。

それぞれの魂は異なる目的を持ってこの母なる地球にたどり着き、歩んできた道も異なるだろう。私たち親は、彼らをこの世に送り出す役割を担っている。子供たちはあなたを通してやってくるのであって、あなたのものではない。彼らは未来の子供たちなのです」このことを常に思い起こさせることは、健全で、前向きで、愛に満ちた方法で、子供たちをよりよく理解するのに役立つだろう。

今年の母の日は、子供たちに耳を傾け、批判しない耳を持ち、不当な忠告をしないことを誓おう。ある年齢を過ぎたら、親として私たちは子供がいつ受容モードに入っているかを知るだけの知性を身につけるべきだ。自分の生い立ちを信じ、アドバイスを浴びるタイミングを待つのだ。

親として、子供たちの心の赴くままに身を任せ、世界という舞台でのプレーを見守る時だ。もし子供があることをあなたに話さないなら、彼のプライバシーを尊重しましょう。隠そうとしているのではない。多くの場合、彼らは両親に相談するタイミングを待っているだけなのだ。

シャーロック・ホームズが繰り返し言うように、"辛抱だ、愛するワトソンの辛抱だ"。忍耐が鍵だ。

母の日おめでとう！

]]]

15.ゲディ・リーグ

40 代の恋 # 私のホンダに捧ぐ

今年の私のお気に入りの言葉は、"今までやってこなかったこと、2022 年はそれをやる年だ "というものだ。人は今こそ、自分のバケットリストにある物事を達成し、完全に生きることを学ぶべき時なのだ。

そのひとつが、二輪車の乗り方だ。息子が 11 年生になったとき、私は心の底から、息子の全体的な成長のためには自立が必要だと思った。そこで私は、二輪車を運転するという最大の恐怖に直面した。母親が恐れるものは何でも、子供も自動的に恐れ始める。私の両親、特に母は二輪車を警戒していたので、私も二輪車になった。四輪車と二輪車はいつも私の人生の愛だった。

この新しい車を知って以来、私は再び恋に落ちた。当てずっぽうはダメだ！このメタリックなボディだ。今、私はこの愛が与える感覚を知っている。スピードが急上昇するにつれて、感情も急上昇する。風に吹かれ、肌を撫でられ、ホンダのスピードに乗る。

スピードが上がれば風速も上がり、風は肌や髪を弄び始め、時には泥を巻き込み、まるでスポーツを台無しにする威嚇的な子供のようになる。ライディングを楽しむためには、スピードをコントロールし、完全にコントロールすることが重要だ。

子供の頃、山に行くと、大きな岩に白いペンキで黒く「スピードはスリルをもたらすが、殺すこともある。

私は、二輪車を運転するときはいつもこの言葉を口ずさんでいる。運転とは、その瞬間に身を置くことだ。もうひとつ、これは最高の抗ストレス療法のひとつだ。

私のバケットリストからまたひとつ、次のものが消えた。結婚してパンジャブに引っ越して以来、私はずっとこの言葉を耳にしてきた。これは、友人たちとの二輪車でのグループライドを意味する。完全にシンクロして一緒に行くことは、最も強力な幸せホルモンを呼び起こす。友人があなたを信頼すれば、物事は勝手にうまくいく。この信念のもと、友人は座り、私は運転した。

北インドでは、夏の夕食後が過ごしやすい日が少ない。夜はまだ浅く、街灯は私たちを歓迎し、道路は私たちを手招きしていた。しばらく車を走らせ、お茶を飲みに立ち寄った。大学時代を思い出したような気分だった（大学時代にそんな経験はなかったが）。

アドベンチャースポーツが大好きな人が、どうして二輪車を怖がるのだろう？そんなことを考えながら、私は大好きな歌を口ずさんだ。今、私はこのゲディ・リーグの一員であると胸を張って言える。

*　ヘルメットを着用してください。*安全規則をお守りください。

*　ゆっくり着実に走れ。

]]]

16.私は 40 歳 # 誕生日のユーモア

人間は全能者によって創造された最も美しく、素晴らしく、素晴らしい存在である。彼らは熱意と気概をもって、太陽をめぐる旅を祝福する。軽い気持ちで言えば、人はある年齢までこのようなお祝いを喜ぶものだ。中年を過ぎると、このような行動の背後にある科学に疑問を抱くようになる。

最近、私は偶然にも太陽の周りをまた一周した。40 代は 50 代に近い。友人の一人が何気なく尋ねた。「40 歳」と私は答えた。彼女は "そんなはずはない "と答えながら、くぐもった笑いが聞こえた。私は久しぶりに自分の年齢を告げ、考える帽子をかぶった。

自分の年齢を言うたびに、同じエネルギーが自分の細胞の中で共鳴する。そのような時、私たちは細胞にその年齢で機能するように命令する。たとえ若いと感じていても、2 桁の数字を口にすると年を取ったように感じる。

私が小さな町で診療を始めたころ、女性患者は自分の年齢を 40 歳と告げていた。40 歳を超えた人は記憶にない。なぜ年齢を隠すのだろう？年月が経つにつれて、彼らは40歳までしか数えられないことに気づいた。彼らにとって40歳は、年齢を重ねる中で最も高い数字に相当する。

私たちはそう感じる年齢なのだ。それが、同じ年齢層の人々が互いに異なるメンテナンスを受けているのを目にする理由だ。実年齢より若く見える人はほとんどいないし、かなり老けて見える人もほとんどいない。

現在進行中のこの現象にも『秘密』を当てはめようと考えた。私の町では 40 歳を超える人はいないからだ。

私の家族や友人たちの間では、この「私は40歳」という言葉がヒットした。誰にでも似合う！

カルペ・ディエム

]]]

17.夏の戦士

この記事は、北インド、特にデリー、パンジャブ、ハリヤナ、ウッタル・プラデーシュに住むすべての美しい魂に捧げる。私たち全員がこのことに共鳴するだろう。

おっちゃんとのセッションはいつも示唆に富んでいる。普段の電話から新しいアイデアや用語が生まれる。昨夜、彼と話しているときに、この記事の名前が浮かんだ。私たちが交わした会話のクリップを共有する。(ポプシーをP、私をJと呼ぶ)

J：「こんにちは、パパ。

P「バディヤ（とても良いという意味）！物事は順調に進んでいる。今のところ駅も停車駅もなく、人生は線路の上を順調に走っている！"

J；「いいね！散歩は再開した？天気はどう？

P「ああ、公園には行ったけど、デリーはまだ湿度が高いよ。天気はどうですか？雨ですか？

(この最後のセリフは私のアキレス腱に触れた。モンスーンの季節は、私たちのような半砂漠地帯に住む者にとっては微妙な話題だ。毎日、天気予報は私たちの希望を膨らませ、それを打ち消す。火を噴くような暑い太陽と、蒸し暑く息苦しい気候。私たちは意気消沈してベッドに入り、再び希望と信念を持って目覚めるのだ（笑)。

J：「パパ、神様が自分のサウナシステムを始めたよ。私たちは汗をかいて、汗をかいて、汗をかいている。うなじから汗のしずくが流れ落ちる。

背骨から腰のあたりまで。ティップ・ティップ・バーサ・パーニ "という歌が私の耳にこだましている。

P：「それはいいですね、神様はとても親切です。彼はスチーム／サウナに行かずに済んだ。楽しみ、感謝する。毛穴が開いて、デトックス効果がありますよ」。

J：「パパ、インドの夏の猛暑に立ち向かう戦士の気分だよ。敵は暑さ、湿度の高い空気、灼熱の太陽、熱風だ。毎日、日焼け止めを塗り、帽子をかぶって職場に向かうとき、私はこの蒸し暑い日に打ち勝ち、一日の仕事を終えて勝者となって家に帰るという使命を帯びている戦士のように感じる。"

(この言葉が口をついて出たとき、私は頭を高く上げ、胸を誇らしげに膨らませた。マハラナ・プラタップ大王の魂が私の魂と融合したような気がして、真の勇敢なハートになった気がした)

P「人生に対するいいアプローチですね。いかに自分を納得させるかという心理戦なんだ。私たちは手を組み、全能の決定を受け入れるしかない。おやすみなさい」。

J：「おやすみ、パパ」。

携帯電話をサイドテーブルに置いていると、人生は自分がどう作るかがすべてなのだと（またしても）思い知らされる。

私はこの言葉を "Summer Warrior "と名付け、このような気候条件の中で生きるすべての魂に捧げる。ほんの数分の間に、私の見通しは変わった。今、私は自分や周りの人たちを "夏の戦士 "としてイメージし、人生を大局的に生きている人たちに敬意を表している。今、私は太陽や空気と友達だ。私たちが勇敢な心を持っていることを忘れないでほしい。

読み続け、共有し続ける。

18. ソーシャルメディア人形

追伸：タイトルは注意を引くためのものだ。詳しくはこちらをご覧いただきたい。

携帯でスクロールしていたら、上の見出しが目に留まった。有害な関係にある 3 つのサインリンクを開いて読んでみることにした。このショートリール／ビデオは、有害な関係にあるかどうかを見分けるための 3 つの警告シグナルに言及している。これを見終わった後、私のスコアは 3/3 だったので、奇妙な感覚に包まれた。そして、私の帽子は誇らしげに頭にのせられていた。

私の脳裏には、さまざまな考えが渦巻いていた。有害な関係にあるかどうかは、3 つのサインで判断できる？あなたの配偶者が浮気している 3 つの兆候、あなたの配偶者があなたを愛している 3 つの兆候など、そのようなリールやビデオがたくさんあった。私は、これらすべてがネガティブなものだと感じていた。これはクイックサンドのようなものだ。特定のアイキャッチーなタイトルのリンクを 1 回（間違って）クリックすると、似たような投稿につながり、数秒のうちにパンドラの箱が開いてしまう。

まず、電話をかけるといつも配偶者が忙しそうにしている。第二に、配偶者が以前より時間をかけなくなっていること、第三に、配偶者が自分のために使うのに対して、あなたの場合はいつも経済的に余裕がないことである。多くの選手が 3/3 を記録すると思う。40 代になると、誰もが生計を立てる以外に同じような問題に直面する。一方には親がおり、他方には常に注意と世話を必要とする成長期の子供がいる。これらの兆候は誰でも経験する可能性がある。このようなトピックを読むときは、強い心を持つ必要がある。私はまた、このようなタイプの記事は、人が無駄のない段階を経ているときにこそ、よりアピールするものだと感じている。

関係である。人生というゲームでは、人間関係で浮いている必要があることを忘れないでほしい。

数分のうちに、私の心と魂がこれら 3 つのサインをすべて検証し始めたので、私は強い力でネガティブに引き込まれていくのを感じた。突然、私は急停止を感じ、またしても見えない力に引っ張られるのを感じた。空は晴れ渡り、私の思考と心も晴れ渡った。ほんの数分の間に、またひとつ重要なことを学んだ。読むものには用心深く慎重になり、自分の脳が自分の心／精神をコントロールできるようにすること。

私はバガヴァッド・ギータの中で一番好きなセリフを覚えている、

「あなたの心は馬のようなもので、その手綱は戦車手（脳）の手に握られていなければならない。役割の逆転が起きれば、災難は避けられない。ここで私は、マハトマ・ガンジーの三猿の言葉、"Bura matt dekho, bura matt suno, bura matt bolo "を支持する。

私たち全員が、三猿のお行儀よく、心の手綱をしっかりと締めていることを願い、祈っている。

読むもの、見るもの、聞くものに気をつけよう。

]]]

19.スポンジ対ドアマット

「もういい！もうたくさんだ！誰もが私にゴミを投げつけ、ドアマットのように扱う。私はいつも受ける側だ。なぜ、いつも僕なんだ？私の幼なじみが悲鳴を上げそうになりながら、早足で私のオフィスに入ってきた。彼女は額に無限の皺を刻み、唇にはめったに近似の機会を得られないまま、部屋を上下に揺れ動いた。私は落ち着いてオフィスの椅子に座り、彼女を観察した。言葉が津波のような速さで出てきて、彼女の言葉は支離滅裂だった。私は、最初の段階で彼女をどこかで見失っていたことを知っていた。私は指を椅子のほうに向け、首を傾げて、彼女に座って呼吸に集中するよう促した。

私はただ目を閉じてうなずいた。これは彼女をなだめる効果があったようだ。彼女は心の奥底で、私が彼女の伝えようとしたことを理解したことを知り、安心した。私たちはしばらく黙って座っていた。彼女は落ち着いたようで、椅子のヘッドレストに頭を預け、"お茶と塩クラッカービスケットを食べましょう "と言った。お茶を注文して、すぐにお茶を飲んだ。ビスケットのカリカリという小さな音を除いては、静寂が広がっていた。彼女のリラックスした額を見て、私は率先してこう言った。

友人は唇を曲げて微笑みながら言った！違いますか？「明らかに違う」と私は即座に答えた。私の好きな言葉、"Word is our world "を覚えている？実践的な仕事をしよう。考えるんだ！君はスポンジだ。その人たちのネガティブなもの（その人たちとはあなたの家族という意味だ）をすべて吸収し、すべてを手放すために自分を絞り、元の姿に戻る。重要なのはタイムリーであることネガティブでエネルギーを消耗する思考をすべて解放するために絞る。あなたは家族の怒り、不満、かんしゃくを吸収し、取り除く絶大なパワーに恵まれている。あなたは彼らの浄化にも役立っている。

突然、大きな笑い声がした。彼女はティーカップを置き、立ち上がった。「ありがとう、相棒。あなたとのお茶はいつも魔法のようです」。彼女は微笑んで去っていった。お茶をすすりながら、言葉とはまさに世界なのだと思った。スポンジという言葉をドアマットに置き換えただけで、驚くべき効果を発揮し、私の友人は疾走して戻ってきた。

力強い肯定的な言葉で語彙をリフレッシュしよう。

]]]

20.私のソファへの頌歌

人生において、私たちは日々、頼りになる人たちがいて、その人たちは私たちのスタンバイであり、時にはクッションやショックアブソーバーのような役割を果たす。この16年間、時の試練に耐えてきたカウチに捧げる。場所の変更、カバーの変更などがあった。期待を裏切られたことは一度もない。

これが私の6×1.5フィートのカウチで、背もたれの角度は45度。妊娠後期の私の不快感を察して、ソウルメイトがこのソファを注文してくれた。妊娠後期の落ち着かない夜は、かなり快適に過ごしてきた。これは追加のベッドのようなもので、ベッドを掃除するための緊急用スペースとして何度も使われた。私の修道士たちが成長する年月の証人であった。彼らのボードゲーム、議論、和解を並べることに誇りを持ち、様々な話題について無数の議論や話を聞いた。

僧侶たちが小学校に入学すると、その実用性は低下し始め、やがてスペースを占有するオブジェのように思えた。ある人が、OLXというモノ（中古・新品）を売り買いするサイトに掲載することを提案してくれた。重い気持ちで、私はソーシャルメディアに載せるソファの可能な限りのプロフィールをクリックした。相棒がアップロードしようとしたとき、浅い泣き声が聞こえた。私のソファが売りに出されるとき、心の中で泣いているのがわかった。その瞬間、私はそれを職場のオフィスに持ち込むことにした。その翌日、私はソファの感触が変わったと感じた。

やがて、このソファは私のオフィスに設置された。他の家具ともうまく調和している。場所が変わったことで模様替えができ、私のソファは美しくなった。修道士たちは何度も学校から私のオフィスに直行し、ソファーで休んだ後、次の仕事に向かった。

ホーム来てくれた友人や同僚たちは、気がつくとソファに座っていた。疲れた足、緊張した背中、散らかった心を休める場所として機能していた。友人たちは電話をかけてきて、「今日はとても疲れているみたいだけど、チャイ・ピライギはどう？あなたは仕事をして、私はソファで休む」。

やがて、ここは私のティーセッションのホットスポットとなり、太陽の下であらゆることが話し合われるようになった。私のソファは生き生きと輝き、すべての会話に加わっていた。ソファが用意されたのは特権階級だけで、それ以外の人々にはオフィスチェアが用意された。

このソファは私のセカンドイニングの一部であり、特別な位置を占めている。そして今、作家として 3 度目のイニングを迎えている。時には、"壁には耳がある！"という有名なことわざのように感じることもある。長年使っている家具にも耳はあるし、感情的な要素もあると思う。

私はソファのためにそう思う。

]]]

21.ディワリ前のユーモア

皆さんと分かち合いたいと思い、即席の短い文章を書いた。見通しが変われば、喜びもひとしおだ。

朝、友人に電話をかけ、その日の予定を尋ねた。「今日は私のディワリ掃除の日。この仕事はとても大変で、いつも、もっとうまくやれたはずなのに......と思ってしまうんです」と、彼女は重い声で答えた。

"この難題の前に、派遣試験はどうだろう？"私は即座に答えた。そうすると、友人は今を思い出し、混乱しているように聞こえた。「どういう意味？

今、私は彼女が細心の注意を払っていることを確信し、その数分後を存分に楽しんだ。咳払いをしながら、私は言った。「いいですか、大学の最終試験の前に、学生は大学入学前試験を受ける必要があるんです。試験前のプレボードのようなものだ。同様に、もし練習をしたいのであれば、私は寛大にも私の家を派遣試験として提供する。あなたの家で試す前に、私の家を掃除し、楽器や小道具、技術をきちんとテストしてください」私は最も穏やかで、なだめるような声とトーンで答えた。

なぜ彼女が聞き取れないささやき声で切断したのか、私には理解できない。それ以来、彼女は私をブロックしている。

これはコミカルなタドカを加えるためだった。そのまま、私たちは大笑いし、友人は言った。"今日が終わる前に、このことをブログに書くだろうね"と。友人たちは私のことを本当によく知っている。祝福された気分だ。

]]]

22.一日が永遠のように思えるとき

追伸：この文章は、待ち時間や悲しみと戯れたすべての魂に捧げます。読者の皆さん、どうか苦しんでいるすべての魂に癒しの健康エネルギーを送ってください。

日常がどのように展開するかは誰にもわからない。冒険的な一日かもしれないし、命がけの一日かもしれないし、逆さまのような一日かもしれない。運がよければ、そのような状況も克服できる。このような困難な状況では、信仰が最も揺らぎ、人は挫折し、何度もどう振る舞えばいいのか途方に暮れる。大切な人が病院の集中治療室に入院すると、心が凍りつく。一日が永遠のように思える時期だ。私はフォーミュラ・アプローチを考案した。"困難なときこそ、タフになれ！"ということを忘れないでほしい。

タフになることで、不利な状況に打ち勝つことができる。前向きでやる気のある人たちでコアグループを形成する。ここではポジティブであることが重要だ。一瞬たりともネガティブになったり、疑ったりすることはない。主治医とよく話し合い、与えられた治療を信じ、信頼すること。必要であれば、ためらわずにセカンドオピニオンを受けること。信仰は山を動かすことができる。ここでは体重 100kg 未満の人間の話をしている。リストのトップは「信仰」だ。

もうひとつの重要なポイントは、全能の神に身を委ねることだ。"神の意志なしには何も起こらない"これを強化し続け、全身の細胞のひとつひとつを神に無我夢中で委ねるのだ。宇宙があなたの愛する人に向けて、すべての癒しの波動が集まるように、祈りの連鎖を起こします。

治療計画は医師団にお任せください。信念を持ち、忍耐強く、虹はもうすぐ現れる。永遠とも思える一日は、やがて思い出となる。

ちょっと待ってくれ！これも過ぎ去るだろう。

]]]

23.コヒノール（早すぎるAJ）

免責事項：この文章は、この世を去った彼女の大切な真珠のような叔父#mamajiへの頌歌であり、筆者の魂が込められている。

すべての戦いは遅かれ早かれ終わる。ほとんどすべての戦いは、双方に害をもたらす。今回のアルケミストの戦いでは、相手は神そのものだった。私たちの信仰は一瞬たりとも妨げられることはなかった。死と隣り合わせの戦いだった。

A.J.は、私の結婚後、彼の甥（私の夫）と一緒に私を家まで送ってくれた。彼は非の打ちどころのない物腰で、あらゆる年齢層の人々とコミュニケーションをとるコツを心得ていた。彼は子供たちが大好きで、独特の接し方をしていた。彼は私が最も信頼し、全世帯と安心してつながることのできる存在だった。彼のキャッチフレーズは「恋なんだ」！こいな！」。この2つの言葉は魔法のように効いた。彼は人間関係の築き方、維持の仕方を教えてくれた。彼は本当の意味で無条件に家族を愛し、あらゆるネガティブなエネルギーをブロックしていた。

ピラティスを習ったり、トレッキングに出かけたり、あるいはマインドフルな食事を心がけたり。彼のおかげで、60人以上の家族全員が結束を保っていた。彼は真っ先に手を差し伸べ、泣くときは肩を貸し、慰めるときは抱きしめた。彼は私たちにいろいろなことを教えてくれたし、私のママ、ポプシーのようにシェルターを提供してくれた。

彼は自分の家のことを"マイ・チョタ・マイカ"と呼んでいた。デリーに行けないならチャンディーガルに来いとよく言っていた。彼の家はいつも第二の我が家のように感じられた。夫の母方の叔父ではあるが、子供の頃から知っているような気がしていた。彼は愛していた無条件で、私たちの好みの細かい部分まで覚えていた。

人生は同じではないのです。今、チャンディーガルはただの都市のように見える。セクター15は、チャンディーガルの魂があった場所だ。あなたが去ったことで、決して埋めることのできない大きな空白が生まれた。あの40日間の戦いは私の魂に刻まれている。君のためにこれほど祈ったことはない。マミーは私たちに反応する暇を与えなかった。あなたのことだから、回復して帰ってくることを神に信じていた。神は私たちよりもあなたを必要としているのかもしれない。

彼の冷たい額に触れ、別れを告げると、20年間が一瞬のうちに過ぎ去った。そして私が見たのは、彼の温かい笑顔と目に宿る愛だけだった。言葉では言い尽くせないからだ。彼の価値観とモラルが子供たちの中に生きているのを見るのは幸せなことだ。私たち家族が厚い絆で結ばれているのを見て、私は圧倒されている。

別れを惜しみながら、私は彼の子供たちや甥たちの中に彼を見るようになり、穏やかな気持ちに包まれた。主は私たちの中に生きておられ、これからもそうあり続ける。彼には私たちが見えていて、私たちには見えない。

私のポピーが言うように、"神の法廷では上訴はできない。

誰かを愛し、大切に思うなら、心を込めて表現してほしい。その瞬間がいつ訪れるかはわからない！

]]]

24.電話する相手も共有する相手もいない！そう思うか？

人は孤独を感じ、心を開いて話せる人がいないときがある。私たち一人ひとりが、一度はこの船に乗ったことがあるはずだ。心が満たされ、はけ口を求めているとき、前途は暗く孤独に思える。空気は異質に感じられ、心は光の速さで精神的接触チェックを行う。どういうわけか、その 1 人のコンタクトは最終選考に残らない。

そんなとき、私の経験では、話したいことを書き留めるか、瞑想の姿勢で座り、全能の神と話を始めるのが最良の戦略だ。神は私たちの最高の親である。とはいえ、私たちは生物学的な両親を通してこの世に生まれてきた。これが究極の真実だ。静寂には計り知れないパワーが必要だからだ。

この練習をする前は、何日もいい人を探し回ってもいい結果が出なかった。たいていの場合、私たちは答えを知っている。私たちは、無条件に耳を傾けてもらいたいと切望している。ママシーが別の世界に行った後、私はこの広い世界に迷い込んだような気がした。いたるところに人間がいたが、心を通わせるものは一人もいなかった。全能の神に安らぎを求め、彼と親しくなることだ。

私はいつも、おっちゃんの金言を思い出す。いつも神と私、2 人なんだ」。当初、私は（というより、私たち全員が）、彼はママ友の後、ひとりになることについてこれ以上議論するのを避けるために、ごまかそうとしているのだと考えていた。だんだんと、彼の本心が見えてきた。人は一人でいても孤独ではない。この 2 つには大きな違いがある。

私はこの理論を実践するようになり、「神は思いの先にいるだけだ」と信じるようになった。両親は電話一本。" どちらが近いか自分で決める？外に求めるものはすべて、すでに自分の中にある。外から内へ、舵を切る時が来た。

ハッピー・ステアリング、ハッピー・リビング、魂を解き放て。

]]]

25.心臓を健康で幸せに保つ

読者の皆さん、

私の経験から、心臓を健康で幸せに保つためのヒントをいくつか紹介しよう。

1. 自分の言動や行動に責任を持つ。自分の波動が自分より先に届いていることを常に忘れないでほしい。

2. 最も貴重なことは、透明性を期待することだ（特に共同生活をしている人々にとって）。これは進化した魂の美徳である。

3. 夫婦の場合は、配偶者に期待を負わせないこと。一人の人間がすべての役割をこなすことはできない。例えば、配偶者は愛情深い親であっても、思いやりのある人生のパートナーではないかもしれないし、その逆もまた然りである。たぶん、働き者で収入も非常に良いが、時間的な問題などがあるのだろう。

4. 家族の時間を楽しむ。家族の時間を削ってはいけない（緊急の場合を除く）。

5. 常に配偶者と子供をほめる。ポジティブで力を与える言葉を声に出す。世界には評論家はたくさんいる。

6. 贈るときには、同じものを贈られたらどう感じるかを思い出してほしい。

「プレゼントがない」方が、下手なプレゼントよりずっといい。贈り物の価値とは、相手が何に値するかという一般的な考えとは異なり、自分自身の考えや基準を反映したものである。

7. 借金のない、罪悪感のない生活を送る。"人は何と言うだろう？"ということに時間とエネルギーを浪費してはいけない。それよりも、「家族は何と言うだろう？"あの 4 人 "を見た者はいない。

あなたをスパイするのが仕事だ。今日の世界では、最後の旅に 4 人参加できればラッキーだと思っていい。

8. 物語には常に 3 つの側面がある。あなたの、私の、そして実際の真実。

9. 誰にも同じ 24 時間がある。常に優先順位をつけることだ。

10. 家族や人間関係を大切にすること。美しい思い出を作る。人間関係では理屈が通用しないことが多い。

11. 最も重要な教訓は、脳と心臓、脳と舌という 2 つの重要なつながりをしっかりと保つことである。これこそが、幸せで、満足し、快適な人生を送るための黄金の鍵なのだ。

12. その人がこの世にいる間に、自分の感情を表現すること。彼らが他の領域に渡るときのために、我慢してはいけない。

13. 覚えておいてほしいのは、死ぬのは一度だけだということだ。そして、毎日を生きるチャンスを得る。両手を広げて人生を受け入れる。

]]]

シーン 2
もうひとつのレンズからの眺め
(人気読者が選ぶシリーズ)

(追伸：リーダーズ・チョイスの記事で読者の名前が公表されることはない。誰かに似ているのは単なる偶然である)。

26.あまり語られることのない父と息子の関係 前編

P.S.これは性別に関係なく書かれたものではありません。この原稿を依頼された人物の氏名は極秘とする。私は 2 回に分けて書いた。

父親とは、子供を社会に送り出す準備をする人であり、家族のために快適な生活を提供するために仕事に忙殺されるのが一般的である。妻が家と家族の世話をしている間、彼はほとんどの時間を快適な自宅での仕事に費やしている。父と息子の関係は多面的で多次元的だ。よく言われることだが、"父が正しいと気づいたときには、私には間違っていると思っている息子がいる"。人は成熟するにつれて、その奥深さに気づく。歴史を紐解けば、母の愛にまつわる話は無数にあるが、父の愛にまつわる話はほとんどない。

男はもともと表現力がない。ハグ、抱擁、キスといった行為は、ほんの一握りの人の辞書にしかない。心は息子を抱きたいと切望するが、目に見えない力がそれを阻む。これは彼らの生い立ちに起因している。通常、子どもは母親の腕に抱かれ、父親の腕に抱かれることはほとんどない。怪我をしたら、まず母親の名前を叫ぶ。アウトドア派で供給者である男性は、自分が強くて絶対的な存在であると信じ込まされ、一方、養育者で介護者である女性は、優しい心の持ち主だと思われている。これは、彼らの男らしさを支配する単一のホルモンと大いに関係がある。女性は 2 つのホルモンに支配されている。

父親はしばしば、息子の中に若い頃の自分を見るものだ。自分の息子が、自分がしたような過ちを犯さないようにするためだ。

若いころの父親は自己主張が強く、息子に口を出そうとする傾向がある。彼は、息子は古いブロックの欠片ではあるが、彼もまた一人の人間であることを忘れている。一人の人間として認められ、受け入れられたいという息子の原始的な欲求は、それが満たされなければ、多くの小さな葛藤を生むことになる。

20年前、30年前の出来事を語りながら、それが現在のシナリオと関連性があるかどうかを考える必要がある。それは彼の子供たちにとって有益なのだろうか？時代も状況も、あなたの子供たちの世代が今直面していることとはまったく違っていたことを忘れないでください。「このような観点で物事を見る傾向があれば、次世代とのコミュニケーション・エラーは少なくなるだろう。私のポップシーが提唱するもう一つのポイントは、"聞き役になれ"ということだ。子どもが共有したいことを完成させましょう。話を遮ったり、答えを急いだりしないこと。子どもは父親と話している間、安心していなければならない。辛抱強く耳を傾けることを学ぶ。答えは聞くな。

数年前の出来事を共有する。私は小さな坊主（私の息子）を連れて、注射のために診療所に行った。看護師はさりげなく、「泣こうなんて思わないで、男は痛みに鈍感なんだから（mard ko dard nahin hota）」と言った。私の僧侶は私を抱きしめて言った。心配することか？私は彼を抱きしめ、このような根拠のない話は無視するように言った。人間は神経に関係する痛みを感じやすい。男は強い、女は弱いとレッテルを貼るのはそろそろやめよう。子どもは息子や娘としてではなく、子どものように育てられるべきだ。一度、この変化は私たちの内部と周囲で起こる。徐々に、父と子の物語も多く聞かれるようになるだろう
。

二人の関係を最高のレベルにまで高めてほしい。パート 2 に続く

]]]

27.私たちは十分にノンジャッジメントなのだろうか？

この読者が選ぶシリーズでは、ボディ・シェイミングにスポットを当てることをリクエストしている。

神はユニークな生き物を創造するために、あらゆる配慮を払われた。高度に進化した私たち人間は、いつの間にかこのことを忘れ、あらゆる物事、あらゆる側面、そして神の創造物をも裁こうとしている。誕生と死、昼と夜、暑さと寒さ、乾燥と雨、緑と砂漠。本質は他の領域の存在にある。進化の過程のどこかで、判断力を持たないことの一部が初歩的になり、判断力を持つことが肥大化した。

魂が死すべき姿になったときから、私たちの社会の判断も変わる。人は肌の色、性別、カースト、信条、体重、身長などで判断される。年齢や性別によって判定項目が異なる。男性では、身長、体重、学歴、収入の数値が上位を占める。一方、女性の場合は、色、体重、身長、料理の腕前、身だしなみなどが上位を占める。学歴と所得はリストの最後尾にある。その後、結婚の年齢、子供の有無、出産後の体重増加の問題などが有力な質問となる。

最近、ボディ・シェイミングが重要視されている。女性たちはそれを声高に主張し、大胆に非難している。女性の身体は10代から出産まで、さまざまな変化を遂げる。それぞれが自覚している。女性の大半は、他の女性もこのような変化を受けていると判断する。驚きというか、ショッキングというか！(適切な言葉が思いつかない）。

私たちの愛する社会では、人は自分のことを考える以上に、私たちのことを気にかけてくれる。服装や身だしなみなどなど。

彼らが道徳的な義務だと感じているのは、このようなことを伝えることなのだ。

太っている女性は、自分のために痩せる必要がある。想像してみてほしい！社会奉仕とは何だろう？たいていの場合、アドバイスする人のBMIは正常範囲を超えている。そのような行為は、ストレスを過度に蓄積することにつながる。このことは、精神的な問題が増加していることからも明らかである。

最後に、生きているすべての人の心に刻み込まれる必要がある言葉を引用しよう。"もし、あなたが誰かに何もいいたいことがないのなら、唇を閉じて微笑んでいる方がいい"。誰もが心の底ではすべてを知っている。本人に気づかれないようにお願いします。最も癒される言葉は感謝の言葉だ。もし評価できなくても、まったく構わない。でも、批判はしないでほしい。

批判しないことを誓おう。

]]]

28.あまり語られることのない父と息子の関係 その2

父親が自分の地位や権力を主張することで、子どもたちとうまくいかないことが多々ある。自己主張と独裁は紙一重の違いがある。通常、父親の行動は自分の子供、特に息子から独裁と判断される。息子は立ち向かうかもしれないが、娘は屈みがちだ。自分（の 30 歳若いバージョン）に敵対しているように見える。

子供たちは経験したことを吸収することによって学ぶ。親の行動や行いは、言葉や説教よりも印象に残る。子供が過ちを犯すのを防ごうとするあまり、親は息子と同じ年頃に過ちを犯したが、大抵の場合、焦りや焦燥感が忍び寄り、精神状態を乱す。子供の成長グラフは常に両親と異なる。このグラフをオリジナルにしよう。誰もが自分独自のスタイルで学ぶ。

「誰も見ていないと思っている間に私はあなたを見ていた！」。この無言のメッセージは、すべての子供たちの心の中にある。だから、責任ある大人として、親として、自分自身の行動を意識することだ。もし子供が、あなたが自分の親を尊敬しているのを見なければ、いくら学校教育や動機づけをしても、子供はあなたを尊敬するようにはならない。もしあなたがスタッフや一般大衆に対して良い振る舞いをしているのを見なければ、子どもはそれが普通のことだと思ってしまうだろう。正しい道徳的価値観を敷くこと。

子どもの模範となること。父と息子の間には、母／妻であれ、姉／娘であれ、誰も入り込もうとしてはならない。父親の鼓動が息子の胸に聞こえる。すべての痛みが消えるもし誰かが適切なタイミングでハグされたら。タイミングの正確さも重要だ。父親は柔らかい感情も植え付けるようにしなければならない。

"怒れる若者 "というフレーズは、常にマッチョな男の象徴として描かれてきたのに対し、思いやりがあり、生き生きとした男は、常に主役の次、つまりヒーローの親友として描かれてきた。私はよく思うのだが、映画の間中、主人公は愛する女性と一緒にいるためにベストを尽くし、あらゆる障害や悪役に立ち向かわなければならない。一方、いわゆる冷静な友人は、映画の間中、恋人と一緒にいる。その友人はまだ英雄として美化されてはいないが、自分なりに幸せで充実した人生を送っているようだ。マッチョマン」の重荷を背負った主人公は、平穏な生活を送るために戦うことにエネルギーと時間を費やす。

すべての父親たちへのささやかなメッセージだ。あなたの息子はあなたを見て、あなたの行動を吸収している。あなたは常にレーダーの下にいる。もっと友人に、もっとガイドに、もっと親しみやすく。

タイムマシンは時を刻み、やがて息子は身長も地位もあなたを追い越すだろう。自分自身を見つめて、息子さんが変える必要があると思う、自分自身の良いところを変えてください。

完璧な育児書は存在しない。完璧な親子関係はない。それは、愛、信仰、信頼という具体的な基盤に基づいている。

二人の関係を最高のレベルにまで高めてほしい。

]]]

29.フォルト・イン・ザ・スターズ

人生で何かうまくいかないことがあると、外見的な欠点を見つけるのは普通の人間の傾向だ。外に目を向けるのはとても簡単だが、内に宿るには計り知れない勇気が必要だ。次第に、″すべては私の星のせいで、私のせいではない″というレッテルを貼るようになる。この一言が、罪悪感を消し去ってくれるようだ。本当にそうだろうか？

私の職場の平穏が破られたのは、友人が文字通り私のオフィスに押しかけ、目に見えて動揺した様子でこうつぶやいたときだった。プロアクティブな反射神経として、私はお気に入りの仏教のお経を流し、濃いミルクティーを2杯注文した。

私のオフィスを数分間歩き回った後、彼女はくつろいで私のリクライニングソファに座った。私は一言も発せず、辛抱強く彼女の言葉を待った。彼女はまず、共同生活で直面する一般的な困難、女中奉公人の問題、分業、不始末などから始めた。悪いことをするたびに、彼女は非難の花輪で祝福された。新しいものは何も出てこないようだった。私はゆっくりと紅茶に口をつけ、最後の火山が爆発するのを待った。

突然、涙が頬を伝い始め、彼女は言った。何をしようとしても跳ね返され、前よりも大きな力で打ち砕かれる。毎回、振り出しに戻ってしまう気がする。この 20 年間、何も変わっていないようだ」。私はただ静かに耳を傾けていた。次第に彼女の言葉のエネルギーは消え、お茶をすすり始めた。視線だけが交わされた。

毎回、同じような反応をしていて、どうして違う結果を期待できるのか。なぜ星のせいにするのか？問題というレッテルを貼るのをやめて、状況というレッテルを貼る。永久に続くものはない。積極的に行動し、このような状況に別の方法で対処するようにしよう。同じドアを見るのはやめよう。神はあなたのために多くの扉を開いてくださった。他の扉を開く必要がある。そして、結果は違うものになると約束する」。私が最後の言葉を言い終わる前に、彼女は涙を拭い、私を抱きしめて微笑んだ。

さらに彼女はこう言った。「今、私はこの借りがあることを知ったし、星に落ち度はない。何の落ち度もない。この間ずっと、私は他のドアを無視して同じドアを見ていた。今こそ別の扉を開く時だ」。髪を結び、彼女は私のオフィスを後にした。彼女の歩幅は、私が太古の昔から支持してきた ″Walk the talk″の教訓をようやく学んだことを物語っていた。

「お茶を飲みながら、いろいろなことが起こる

]]]

30.生きていることに感謝する

多くの場合、人は本当に親しい人の思い出に耽ってしまい、生きている人のことを無視しがちになる。人間の心の力はまだ利用されていない。別世界に渡った人々の記憶は、現実を凌駕している。亡き人への思いが脳裏をよぎり続け、すべての連想の瞬間が短い時間の中で縫い合わされていくようだ。

思考が過剰になると、神経細胞の信号伝達が遅くなる。悲嘆に暮れる心には、悲しみの先が見えない。多くの場合、人は亡くなった魂が犯した過ちを識別し、生きている人たちにも無意識のうちにそれを繰り返す。現在において過ちを犯さないためには、過去の経験から学ぶことが最も重要である。

コビッド・パンデミックは、さまざまな年齢層で数え切れないほどの早すぎる死を目撃してきた。私のアウターサークルで、若い死者が出た。家族はショックを受けていた。三親等以内の親族に同じような衝撃が走ったとしても、ささやかれることはほとんどなかった。一般的にこのような時は、運命や宿命を中心に話が進む。高貴な魂が早々に死を迎えることになる出来事が繰り返される。

物事があわただしくなり、家族は現在と切り離されがちだ。この呪縛を解き放ち、他の家族に現在を認識させ、それに応じて計画を立てるように仕向けるには、偉大な知恵を持った人物が必要なのだ。

悲しみが、他の生きているメンバーへの愛情を上回ってはならない。そうでなければ、かつて美しいと言われた人間関係に傷をつけることになる。悲しむことは手放しのメカニズムであり、大切なことだが、もっと大切なのは生きていることを大切にすることだ、神が私たちすべてとともにおられ、明確なビジョンを祝福してくださいますように。神を畏れるのではなく、神を愛する者であることを常に忘れないでほしい。愛は奇跡を起こす。

]]]

31. 比較をやめる

（この記事では、読者のリクエストに応えて、女子の視点から夫婦関係を考察することにする）。

手の指の長さは不揃いだ。それぞれの指の目的は異なる。小指と親指や人差し指を比べたことがあるだろうか？決して答えは明白だ。では、なぜ私たちはさまざまな面で他人と自分を比較するのだろう。人は家、車、収入、家族、子供、大学など、そして人間関係までも比較しがちだ。

まったく異なる背景を持つ 2 人の魂が、息を引き取るまで、そしてその先まで生きることを約束し、婚姻の結び目を結ぶ。最初の幸福感は落ち着き、現実が 2 人を襲う。家父長制社会では、女の子は家も苗字も捨て、男の子の家族を心から受け入れるために全力を尽くす。（例外は常にある）。

男の子は自分の家のスタイルに慣れていて、母親や姉の目を通して女の子の世界を見る。これが核心である。結婚相手の女性の目は違う。違いはあるはずだ。その上、彼らの肉体的、精神的な見通しには基本的な遺伝的違いがある。ほんの少しの理解、忍耐、受容が、順風満帆の助けとなる。

少女の人生は大きく変わる。家の習慣や食習慣に適応することのほかに、もうひとつ重要なことがある。言葉のトーンやピッチは、受け手によってさまざまに解釈される。大きな音は失礼に聞こえるし、傷つく原因になる。重要なのは内容であり、口調ではない」と信じている人は少ないが、言うのは簡単だが実践するのは難しい。

比較の話題に戻ると、男の子が女の子を自分の母親や妹、友人の妻と比較したときに波乱が起こる。これは険悪な関係につながり、明らかに関係が臭くなる。誰もが全能の創造物なのだ。その結果、物足りなさや不完全さを感じるようになる。この習

慣がどうしてガス灯につながるのか、それは誰にもわからない
。

すべてのカップルにお願いがある。どうかありのままの配偶者を受け入れてほしい。

すべてのカップルにお勧めの本は、『男は火星から、女は金星から』、『結婚する前に知っておきたかった 100 のこと』、『マミー・ポピー日記–人生を生きるためのティータイム雑談』
。

一人一人が個性的で違う。無条件の愛と受容が鍵だ。

自分の鍵を確保する

]]]

32.ニートの戦士 前編

追記：この記事は、NEET に出場した、あるいは NEET を準備中のすべての親、教師、学生に捧げます。

NEET（全国資格入学試験）の解答用紙が昨日発表された。ある同僚にお祝いのメッセージを送った。点数が低いので、私立大学への入学を希望します」と即答があった。

高得点を取った生徒も、期待通りの点数を取った生徒も、それ以下の点数しか取れなかった生徒も、誰も自分の試験での成績に満足していないようだ。ポジティブな雰囲気を保つために、私は「あなたはニート戦士の親ですね」と答えた。戦士に敬礼"期待通りの効果が感じられた。

わが国で医師になるには、実力主義試験である NEET を受験する必要がある。1 万 8000 人以上の受験生のうち、この医学の世界に入るための門戸を開くことができるのは、わずか 8 万人ほどである。生徒は通常 9 クラスからスタートする。例外は常にある（6 年生から、あるいはそれ以前から始める者もいる）。

そのためには、粘り強さ、ひたむきさ、持久力、鋭い思考力、素早い反射神経、そしてモチベーションを維持するための強いマインドセットが必要だ。両親と教師が極めて重要な役割を果たす。これは困難な道であり、親による絶え間ないサポート（精神的なサポートが筆頭）が必要である。教師にとって、2 年間を通してテンポを維持するのは至難の業である。親にとっては自分の子供のことだが、教師にとっては生徒全員の健康を念頭に置かなければならない。

学生たちは早起き、授業、テスト準備と忙しい生活に慣れる。全パーティー、ゲット...

一緒に過ごすことも、休暇を過ごすことも、後回しになる。目標が大きければ、犠牲も大きくなる』と私はいつも信じている。知識を得ることを念頭に置いて、常に勉強を楽しむべきである。

知識は決して盗まれることのない富であり、分かち合うことによって常に増大する。両親お子さんには、点数をつけてはいけないというメッセージを伝えてください。子どもはすでに、成績を上げて希望の大学への入学許可を得なければならないという大きなプレッシャーにさらされている。

この文章を締めくくる（そうでなければ、もっと長くなる）のは、考え方を変えて、学生たちをニートの戦士と見なし、彼らの親や教師を彼らの軍隊と見なしてほしいというお願いである。自動的に、尊敬の念が内側から生まれてくる。

この 2~4 年間は、精神的にも肉体的にも負担が大きかった。

我が子よ、あなたはベストを尽くした。あなたはマークではない"彼らの感情的、心理的な受け皿を満たすことが、今必要なことなのだ。

人生を大切にし、人生を愛し続ける。

]]]

33.マーク鋳造機 # ニート戦士パート 2

免責事項：この文章は、人間心理に関する筆者の経験を反映したものである。誰かの感情を傷つけるつもりはない。読者の裁量を 尊重する。

ここ数年、NEET 試験（全国資格入学試験）の得点がかつてないほど上昇している。満点を狙う学生たちがいるため、熾烈な競争が繰り広げられている。重要な 10 代（思春期の 15～18 歳）は、このラットレースの中に埋もれてしまう。生徒たちは、点数を稼ぐために設計された機械と化している。感情指数、心理指数、社会指数が低下している。目的を見失った未来の魂たちは、旅を楽しむことを忘れてしまった。

毎年、志願者数は 1,000 人以上増えている。メディカルシートを手にすることができるのは、数千人か 5%以下である。これには 2 つの異なる側面がある。ひとつは受験資格を得ること、もうひとつは自分の希望する医科大学の席を得ることである。私のおっちゃんの言うように、『人は全体を見なければならない』。人は自分が望むものを得るかもしれないし、得られないかもしれない。「だから、最善の方法は神の裁きを信じることだ。ギータはまた、″仕事をしなさい、そして報酬を望まないで ″とも言っている。言うは易し、行うは難しだ。しかし、練習を続けることで、人は目標に一歩ずつ近づくことができる。

結果が発表されて以来、私はさまざまな感情状態を目の当たりにしてきた。一方では、それ以来笑顔のない家庭もたくさんあるが、他方では喜びに満ちた家庭もある。通常、中間の道が最良の道である。しかし、この場合、真ん中の生徒たちは混乱したままだ。

イエ、ディル・マンゲ・モア！』ってね。彼らは、正しい選択肢をほとんど間違いにしてしまったり、未挑戦の問題を十分に残さなかったことを悔やんでいる。それぞれにストーリーがある。この結果は、医療の世界への入場券にすぎない。本当の旅は始まったばかりだ。

手遅れになる前に、今こそ立ち止まり、考え直す時ではないだろうか？医療は崇高な職業であり、多くの思いやり、忍耐、謙虚さが必要だ。変革の最も重要な時期に、私たちは次の世代をこの狂気のマーク競争に駆り立てる。本当にそれだけの価値があるのだろうか？私たちは自分たちの社会的地位のポスター候補を作っているのだろうか？

私たちの戦士は、彼らがどこで躓いたか、彼らの長所と短所をすでに知っている。それを強調したり、明白にしたりすることが本当に重要なのだろうか？多くの場合、最善のアプローチは干渉しないことだ。そして、子供が自分でこの状態から抜け出せるようにする。（子供の精神状態を念頭に置いてください）
。

謙虚な訴えで締めくくる。今こそ、ニートの戦士を祝福し、大切にしてください。時は流れ、傷は癒えるだろうが、子供たちの心に残るのは、この人生の転機となる重要な瞬間における両親や教師の振る舞いの記憶である。

この瞬間は（嬉しいことも悲しいことも）すぐに過ぎ去ってしまう。自分自身のパイロットになる。

この文章を読み、この文章を分かち合っているすべての人たち、おめでとう。

]]]

34.子どもは別個の存在

子供たちは別個の存在だ！

免責事項： 注意喚起を目的としたデリケートな話題。いかなる人物や状況との類似も、純粋に付随的なものである。読者の裁量を尊重する。

最近、50 年の人生経験を持つ 30 歳の若者と話したことがきっかけだった。彼は深い知恵の持ち主で、息子であれ娘であれ、子どもは独立した存在であると信じている。私たちは皆、個人として人生をスタートし、成長するにつれてその輪を広げていく。結婚すれば、別居の旅が始まる。性差のタグをつけずに子どもたちのことを語るこの人は、本当に心が広い。

人間生活の本質を明確に理解しよう。生命は一個の細胞から始まり、それが増殖して形となる。へその緒が切れると、生まれたばかりの赤ちゃんは分離／自立する。親として、私たちは彼らを育て、愛し、能力に応じて成長するための最良の環境を与えようとする。この愛は純粋で無条件だ。しかし、親として心の奥底で常に忘れてはならないのは、子どもは人生の先に進んでいくということだ。

これが自然の法則だ。子どもは私たちのものではない。彼らは未来の子供たちだ。両親は、この青い惑星での旅を始めるための媒介者なのだ。それらは個別または別個のユニットである。息子でも娘でも関係ない。どちらも別のユニットだ。

樹木や植物は花や果実を育てる。果実は熟すと摘み取られ、花も同様だ。熟した果実を摘み取らなかったらどうなるか、観察したことがあるだろうか？

それとも咲き誇る花々？まだ親株にしっかりと付いているにもかかわらず、枯れる傾向がある。果実や花を育てた親木は、同じプロセスを続けることができない。なぜこのようなことが起こるのか？その答えは、この自然の法則にある。この地球上のすべての生命には目的がある。それが達成されれば、人生はより高みへと旅立たなければならない。

私が作りたい意識は、子供たちが個々のユニットであるということだ。結婚した娘は、生まれ育った家庭を脅かす存在に思える。なぜ信頼が薄れるのか？それは、彼女が別個の存在になったからなのか、それとも結婚相手の男性のことなのか？それどころか、息子は共通のユニット、あるいはその延長線上にあると考えがちだ。妻はそれほど脅威ではないようだ。

私たちは立ち止まって考え直す必要がある–私たちに必要なのは女性のエンパワーメントなのか、それともその逆なのか。女性はすでに力を得た種である。今必要なのは、強力な相手の扱い方を男性に教育することだ。男性と女性は、神によって創造された同じコインの表と裏である。決して比較することはできない。どちらも個性的でユニークだ。

競争するのをやめて、貢献しよう。両手を広げて人生を受け入れ、心臓が鼓動し、呼吸が動いている間、それを大切にする。

]]]

35. 海外に定住する子供たち その 1

序文

私はある医療案件について相談するため、同僚に会いに行った。その後に交わされた会話は、子供たちが親や祖国を離れて海外に移住し、より良い環境を求めるというものだった。両親は置き去りにされ、彼らの帰りを待っている。

「子供にとって居心地のいい場所にする。結局、私は彼のためにこの巨大な帝国を築き上げた。私は彼に多くの快適さを与え、祖国を離れるという考えが浮かばないようにします」と同僚は笑顔で言った。「子供たちは学校を卒業している。彼らのために何を決めた？彼はティーカップを手に取り、お茶をすすり始めた。

私は黙ってお茶をすすった。私は彼が焦っているのを見て、「では、子供たちを海外に行かせないようにする計画はあるのですか？私はうなずき、カップをテーブルに置いて言った。親としての私の役割は、彼らを支え、導くことだ。彼らは自分の人生の脚本家であるべきなのだ。彼らが自分で選択することが重要なんだ」。

私の返事は、彼の心には響かなかった。知らず知らずのうちに、私は彼の親としてのエゴに挑戦していたのだ。彼は即座に答えた。「あなたのやり方は現実的ではない。私は微笑みながら、「その通りです。親として、彼らをコントロールするのではなく、導くのが私たちの義務です」と答えた。この 2 つの違いを知るべきだ。いいかい、私の僧侶たちには独立心があり、私たちは親として彼らの決断を尊重する」。

彼は驚いて、「彼らを愛していないのか？どうしてこんなことができるんだ？私はこう答えた。〝もちろん、私は彼らを愛しているから、彼らを尊敬している〟。このままでは議論というより口論になってしまう。「明日、もし彼らが海外に移住したいと言ったら、許可してくれますか？私は手を組み、椅子から立ち去ろうとした。彼は言った。閉めましょう」。

私は、後にゴータマ仏陀となるシッダールタ王子の父、釈迦族の指導者スッドーダナ王の話を思い出した。王子が生まれたとき、世界の偉大な君主になるか、仏陀になるかのどちらかになると予言されていた。バラモンたちは王に、シッダールタは外界から遠ざければ支配者になれると言った。あとは誰もが知っていることだ。時代は変わり、偉大な王や王朝が現れては消え、人間は進化してきた。しかし、私は尊敬する同僚の中にスッドーダナ王の魂を見ることができた。

ここでの最大の赤信号は、親や父親の目に見えない不当なプレッシャーが子供に課せられていることだった。加えて、彼が築き上げようとしていたインフラ構造と、彼が費やそうとしていたお金は、またしても幼い子供の肩に投げつけられた。もうひとつの赤信号は、親の支配的な性格である。なぜ私たちはコントロールしたいという衝動に駆られるのか？

私はただ、〝両親はどこにいるの？〟と尋ねただけだ。彼は答えた！彼らは村にいる。私たちはそこに広大な土地を持っていて、両親はその土地と農業を愛している。私が何度もお願いしているにもかかわらず、彼らは市内に移ろうとしない。彼らは田舎暮らしを愛している。彼らが幸せなら、僕も幸せだ」彼はまるで自分がこの惑星で最も賢く、最も従順な子供であるかのように笑った。

「母国を離れ、より良い生活を求めて都会に拠点を移したわけだ。ご両親は反対しなかったのですか？私は何気なく

と発言した。「なぜそうなるのか？自分が何をしているかは分かっている。それに、スーパー・スペシャリストである私の成

長はこの街にある。両親と一緒にいたら、私の人生は台無しになってしまう。自分らしく生きたい」。

彼は私の目を見つめながら、私の心の中で渦巻いている疑問を読み取った。そして、彼の態度は和らいだ。

つづく......（その2）。

]]]

36.海外に定住する子供たち その2

序文

私はある医療案件について相談するため、同僚に会いに行った。その後に交わされた会話は、子供たちが親や祖国を離れて海外に移住し、より良い環境を求めるというものだった。両親は置き去りにされ、彼らの帰りを待っている。

人は誰でも、自分の選択に基づいた人生を望むものだ。選択のあるところに後悔の場所はない。今回の執筆依頼は、私の文学の世界での旅の目撃者である特別な読者によるものだ。人間関係においては、常に相手の立場を理解することが重要だ。子供たちが海外に定住する理由は数多くある。多くの場合、子供たちは両親にも一緒にいてほしいと願っている。しかし、親たちは居心地のいい場所から離れたがらない。母国を離れた子供たちを責めてはいけない。親は被害者ぶることも、同情モードに入ることもない。

多くの人が異なる意見を持っているかもしれないが、すべての意見は尊重される。私たちはこれを分析し、理解しようとしている。私の友人の子供が言うように、"マア、バグバーンから始めないで"。(知らない人のために説明しておくと、『Baghbaan』とはアミターブ・バッチャン主演のヒット映画で、定年退職後の親を顧みない子供たちが悪さをする話である)。

理解しやすいように、親と子供の両方にいくつかの重要なポイントを紹介する。一般化することはできない。賢く選択し、編集し、削除し、追加する（T&C適用）。

両親のために

1. 子どもは言葉よりも私たちの行動をよく観察し、吸収する。

2. 常に子どもを褒め、批判は避ける。決して子供に無能さや小ささを感じさせてはいけない。

3. 私はあなたの親であり、私が一番よく知っている」「私はあなたのために多くの犠牲を払ってきた」「私はあなたに良い教育と環境を与えるために一生懸命働いてきた」「私はあなたが働く必要がないほど多くの資産を築いてきた」等々、このような感情的な恐喝発言は控えること。

4. あなたが両親に対してどのように振る舞うかによって、あなたの子供たちが老後にあなたに対してどのように振る舞うかの基礎が築かれる。

5. 親としての義務を果たしているのだ。

6. 最も重要なことのひとつは（男性にとってだが）、妻にどう接するかだ。子供たちを愛する最良の方法は、母親を愛し、尊敬することだ。

7. 子どもの話に耳を傾け、ニーズを理解し、サポートする。

8. 自分の死後に残す予定の財産は、必要な時に与えてください。親として、子供がローンを組んでいるのに、ただ座って帝国の話をしているだけでは、親としての義務を果たしていないことになる。必要なときに使えなければ、その後もほとんど役に立たない。

9. 成功談ばかりを披露するのではなく、失敗談も披露してください。

10. 最も重要なのは、コミュニケーションの道を開いておくことだ。やり過ぎは禁物だ。

11. 前途に備えさせる。彼らのために道を用意してはいけない。

12.　たまには小休止を！自分がかつて彼らと同じ年齢だったこと、両親がどのように振る舞っていたか、そしてあなたが人生で作り、背負ってきた印象を思い出してほしい。

13.　自分の育ちを信じ、子供たちを信頼すること。結論を急いではいけない。

14.　不安を感じることなく、適切なタイミングで王座を退き、王子／王女に王冠を授ける賢さを持ってください。

子供たちへ

1.　両親を尊敬し、普段から愛情を表現する。あなたが大人になるにつれ、あなたの両親は老齢に向かって歩みを進めている。

2.　あなたの計画や活動に両親を参加させる。

3.　ご両親は、あなたにとって良き理解者であり、最も安全で安心できる空間であることを常に心に留めておいてほしい（例外は常に存在する）。

4.　あなたの決断を理解してもらい、留守中の適切な手配をしてもらう。いざというときのために、友人や隣人との安心できる輪を築いておく。

5.　両親と話すのを決してやめてはいけない。コミュニケーション・チャンネルは常にオープンにしておくこと。

6.　子供たちが祖父母とつながりを持てるようにする。電話／ビデオ通話や、地元への物理的な出張を十分に確保すること（資金力に応じて）。

7.　定期的に電話をかけることで、免疫力を高め、自信と自尊心を高めることができるからだ。

8.　魂は決して年をとらない。彼らに重要性を感じさせ、決して冗長だと感じさせない。たまにはお母さんに好きな料理やお茶を作ってもらいましょう。お父さんに市場で好きなものを買ってきてもらう（子供の頃のように）

9. 最も大切なこと-両親をしっかりと抱きしめること。このようなハグは心臓の健康に良い影響を与える。子供の心臓の鼓動が自分の心臓の近くで聞こえるあの感覚は、何物にも代えがたい。

10. 元気なうちに見舞いに行き、大切な思い出を作る。

個人差があるので、ルールブックはない。

もしあなたのお子さんが海外移住を計画しているのなら、どうか応援してあげてください。彼らの夢を応援する。

]]]

シーン 3
オープンな関係の鍵
ロック - キーの選択

37 インチによるパースペクティブの変化

この逸話は多くの人の共感を呼ぶだろう。20 年の結婚生活には浮き沈みがあり、甘く辛い思い出もある。これからお話しするシナリオはごく一般的なもので、頻繁に起こることだ。夫婦、特に共働きの場合、たいていの場合、片方の配偶者が食品であれ重要書類であれ、物を保管する。もう一方の配偶者がそれについて尋ねると、「目の前にあるのに、どうして見つけられないの！」と答えるのが常だ。口調は概して焦りに変わる。このようなことが頻繁に起こるので、人は "あの人は何も見つけられないのに、私は一瞬で見つけられる "と思いがちだ。プライドのようなものがじわじわと忍び寄ってくる。このような些細な出来事が、何度も何度も関係を燃え上がらせる。それが小さな火で鎮まるか、大火災のような形になるかは、2 人の魂の成熟度にかかっている。

夏には、私はたいていフルーツの盛り合わせを用意し、夫婦と子供用に別々のボウルとレモネードやバターミルクを冷蔵庫に入れておく。最近、仕事の最中に携帯電話が鳴った。相手は配偶者だった。レモネードとフルーツの盛り合わせはどこだ？冷蔵庫の中に見当たりません」。

彼の焦りが伝わったのか、私は「冷蔵庫を開けなさい、目の前にあるんだから」と失礼な返事をした。うちの子たちはいつも大皿を見つけられるのに、どうしてあなたは見つけられないの？"彼は即座にこう答えた。なぜ棚の一番上を見ているんだ？上から 3 番目の棚を見てください」。彼はさりげなく答えた。3 段目は私の目の高さより下です」。彼は電話を切った。

すぐに、すべてのシナリオを思い描くことができた。私の配偶者は私より 9 インチ背が高いので、視覚的なレベル差があるはずだ。10 代の子供たちが私の身長に達した。それがはっきりした。私の顔に満面の笑みが広がった。私は後光を感じた。人生はとてもシンプルだ。人は何度も何度も、さまざまな状況で自分のビジョンを再調整する必要がある。

人生が教訓を与えてくれるときはいつでも、私はそれを素晴らしい日と呼ぶ。その一瞬の気づきが、私たちの関係にまた新たな美しい虹をもたらした。小さな火はうまく消すことができた。配偶者がそれを探して電話をかけてきたときに、"あなたの目の前にありますよ"と自信を持って言えるように。

では、皆さんの生活に春をもたらすためには、視力のレベルを何センチ変える必要があるのか！

]]]

38.男性が求めるもの

(叱責されると「ほっとけ！お前には無理だ！」）。

免責事項：このような文章は、一般的に、自分自身を力づけ、自分の役割についてよりよく理解するための助けを求めている少数の匿名の魂を助けるために書かれたものである）。

このフレーズは男性優位の社会でよく使われる。男性（全員ではない）は、このような言葉を女性に発するたびにサディスト的な満足感を得る。このフレーズは、読者が適切な間とストレスをもって読むことに委ねたい。口調は低くても、身振り手振りで本音が伝わってくる。

エゴと自尊心の違いについて、私はよくおっちゃんと話し合うんだ。私の理解では、自尊心とは自分の尊厳を守ることであり、相手を貶めることはない。エゴでは、相手を辱め、貶めるためにあらゆる努力が払われるのに対し、仕事は相手のために行われる。読者の裁量を十分に尊重する。

長期的な人間関係というのは、人間が作り上げるものでしょう？私が言っているのは結婚のことで、背景も考え方も異なる 2 つの魂の絆のことだ。この敬虔な神の絆は、創設時から常に時の試練に耐えてきた。両者とも、この車を前進させるために、調整し、融通し、最善を尽くそうとする。しかし、時折、この車はエラーを出したり、止まったり、分解したりする。

結婚生活で与えるという点では、女性が与えるものは男性が与えるものよりはるかに大きいと思う。彼女は幼い頃の家を離れ、苗字さえも捨てた。学校・大学の友人も含め、彼女の人間関係はすべて後回しだ。彼女は適応し、溶け込むためにあらゆる努力をしている。

男は彼女に一生恩義を感じなければならない。逆に、ほとんどの場合、物事は別の領域でうまくいく。精神的に強くなければ）自分の決断を疑い始めるほど、彼女は不十分で、受け入れられていないと感じさせられる。

私の質問は家にも開かれている。誰が決めたのか、むしろ誰が男性に、彼女をこんな気持ちにさせる力を与えたのか。私たちは、女性のエンパワーメントや女性の解放といった大きな言葉を口にする。これは、女性が仲間の女性をサポートすることを学ぶまで達成できない。私たちの社会は決して前に進むことはできない。

私たちの社会で "変革の聖火ランナー "を自称し、ソーシャルワークに携わる女性たちは、社交の場や家庭での言動が異なる。男女平等を説く同じ女性が、自分の義理の娘が男の跡継ぎを産めないことを愚弄したり、多胎妊娠や中絶を強要したりする。男性はこのようなナンセンスなことの目撃者であり、配偶者を軽んじても構わないと考えている。

女性は他の女性の親友にも敵にもなり得る。彼女が演じる役柄が、彼女の忠誠心を決める。彼女は母親として、姉妹として、友人として、妻として素晴らしい。しかし、恋人、義理の妹、義理の母といった役柄では、彼女の悪の本領を発揮することができる。この方程式が変わらない限り、女性のエンパワーメントや地位向上は実現しない。これは 2 行に要約できる。義理の息子が娘を助ける姿を見て喜んだのもつかの間、息子が妻を助ける姿を見て打ち砕かれる。私はこの時点で、私の主張を中断する。

このような女性の偽善的な行動のせいで、男性はそれぞれの場面で自分が主導権を握っていると考える。このフレーズを口にした動機は、「置いていけ！あなたには無理よ！」それは女性たちを眠りから覚ますためだ。今こそ、個人差を超え、誰も揺るがすことのできない高さまで台座を昇華させる時なのだ。

神が女性という鋳型を作るために使われた主な材料は、愛、思いやり、養育者、介護者であることを常に覚えておいてほしい。

神ご自身の本質であり、他のどんなものにも勝る新しい生命を創造する力。

男性が何を望んでいるのか、何を言っているのかを考え込んだり、彼らの発言にまつわる物語を紡いだりしてはいけない。女性なくして男性は存在しない。自分自身を向上させることに集中し、そんな些細なことに構っている暇はない。賢く試合を選択する。

追伸：タイトルからして、この記事がポジティブな内容で締めくくられることを期待した人はほとんどいなかったに違いない。愛し続け、読み続け、分かち合い続ける。

]]]

39.電話やメッセージの意味は

この不完全な文章は、読者自身が完成させてほしい。

私自身の視点からこの文章を完成させる。それは、その人が私の人生にとってとても大切な人であり、その人の健康状態を確認したいだけなのだ。私生活に踏み込むつもりはない。我々には24時間しかない。もし（あなたのサークル内の）誰かがあなたにメッセージや電話をかけてきたら、できるだけ早くその電話に出るか、折り返すようにすべきである（あなたがその電話に出られない場合）。

返信が遅れる人はたくさんいる。それが彼らのやり方なんだ。誰かを恨んでいるわけではない。彼らの行動は誰に対しても同じだ（悪意はない）。彼らは無条件に受け入れられる必要がある。

私は40年半の間、太陽の周りを回ってきて、人はそれぞれ家庭環境や状況によって形作られるのだと悟った。家族の中には、お互いの近況を報告し合い、つながりを保つ習慣を持っている人もいる。一方、"便りがないのはいい便り "というシンプルな原則を持つ人もいる。誰も間違っていないという事実を受け入れなければならない。ただ違うだけだ。考え方を少し変えるだけで、多くの誤解を避けることができる。

私が学んだもう一つの側面は、メッセージを読んでいる間、あなたの心の状態が、送り手が付けた目に見えないトーンや感情を決定するということだ。幸せなら、メッセージは陽気に聞こえるし、イライラしているなら、メッセージの文脈は別次元になる。状況が許せば）メールよりも電話の方がいいと思う。

今、忙しいんだ。後で電話してもいい？ポーズやコンマなどの付け方で文脈が決まる。ここでは、読み手が送り手のトーンを決める。これは、"I am busy, (pause) at the moment.(後で電話してもいいですか？"これは失礼なメッセージだ。最後の一文は、真剣で厳しい表情なしには読めない。一方、（一息に）「今、忙しいんだ」と読めば、「忙しい」となる。後で電話してもいい？丁寧な口調に聞こえる。

人は自分自身を、進化し続ける過程にある魂と考えなければならない。私たちの大半は、メッセージチャットで誰かを恨んだことがあるはずだ。私は、ほとんどの場合、これらが解決されていることを祈っている。

恨みや憎しみを抱くには、人生はあまりにも短い。機会があればいつでも電話して話してください。一分一秒、自分に言い聞かせるんだ。"彼らの旅路はわからないのだから、決めつけないこと"。

誰かが間違っているとか、悪いとかいうレッテルを貼る習慣は慎み、ただ彼らが違うということを忘れないでほしい。"

私が電話やメッセージをするということは、あなたが私の心の中にいるということです。ある進化した魂は言った。"相手に尊敬の念を示す最も重要な方法は、自分の時間を少し与えることだ"。

忙しいスケジュールの合間を縫って私の本を読み、ここまで来てくれてありがとう。

あなたは本当に特別だ。とても感謝している。インスピレーションを与え続ける。

]]]

40.クロージング その 1

P.S.この文章は、突然死すべき姿から去り、最後の瞬間に孤独であった、あるいは儀式や習慣に従って適切な別れを得られなかったすべての魂に捧げます。私の学生時代の友人に捧げます。彼女は親を亡くしたことを受け入れることができず、電話をかけてきました。彼女は地球の反対側にいる。この助けを祈る！

すべてのもの、すべての人に終結が必要だ。医学用語で言うなら、一次創傷の閉鎖には通常 24 時間から 48 時間かかる。その後、傷が治り、組織が強さを取り戻すまで約4〜6週間かかる。これは、自然が傷口の閉鎖を決めた期間である。

しかし、心の傷についてはどうだろう？どのくらいの時間がかかるのですか？それについて考えたことはあるかい？心の傷が癒えるのにかかる時間は、数時間から数日かかる人もいれば、一生かかる人もいる。

私たちが話すことを学ぶときから、沈黙を守ることを学ぶときまで、話すことはそれほどエネルギーを必要としないことに気づいた。一方、言葉を差し控えるには、計り知れない強さ、意志の強さ、自制心が必要だ。多くの場面で、話すことは不利になる。言は銀、沈黙は金」ということわざがある。沈黙は言論への閉鎖である。

ここでのポイントは、"閉鎖 "をどう定義するかということだ。子供の頃、人は（潜在意識のレベルでさえ）、開けるものは必ず閉じなければならないと学ぶ。例えば、子供の頃、ビスケットの箱を開けると、いつもこうだった。

母がよく言っていたのは、「缶を閉めないとパリパリ感がなくなってベチャベチャになるから」だった。冷蔵庫を閉めろ、ドアを閉めろ、アルミラを閉めろ、水道の蛇口を閉めろ、ファイルを閉めろ、取引を成立させろ……。

満充電され、活力とやる気をみなぎらせ、仕事場に座っていると、本当の意味での "終結 "とは何だろうかと考え始める。閉鎖は具体的に何をするのか？その瞬間、私たちはカルマを清算したことになるのだろうか？それが何を意味するのかはよくわからない。しかし、ひとつだけはっきりしているのは、終結が必要だということだ。

すべての行為には等しい反作用があり、すべてのコインには 2 つの面がある。同様に、どんな状況にも始まりと終わりがある。すべての会話、すべてのイベントや会議、すべての食事などにも結論が必要だ。私たちも別れを告げるとき、一時的な閉鎖がある！私たちはエネルギー源から誕生し、死すべき姿をとる。

それから何年も経つと、私たちは再びこの死すべき姿から離れ、エネルギーである魂の姿になる。これで一件落着のようだ。天候を見れば、夏は雨季への道を開き、雨季が終わると冬への道を開き、冬から春へと向かう。

閉幕は計り知れない満足感と完成感を与えてくれる。この閉鎖の理論に早く適応し、それを実践し始めるほど、「ニルヴァーナまたはモクシャ」の達成に近づく。

皆さん、閉店おめでとう。どのようなことを始めるにせよ、終わらせることができるよう祈りましょう。どのような傷が人生にぽっかりと開いているにせよ、閉じることができるよう祈りましょう。感情的であれ肉体的であれ、傷口が化膿している場合、神は適切な閉鎖のために切断する力を与えてくださる。

人類が直面している最近の困難は、親しい人たちが適切な別れを告げられることなく失われている、このコロナの大流行である。悲しみに暮れる人々は、閉鎖を切望している。

これについては、パート 2 として改めて書く必要がある。

]]]

41.クロージング その2

人間は不死であるかのように生きている。死に対する意識は深く埋もれてしまった。何度も何度も、人間の弱い面が襲いかかり、眠りは破られる。ある者は冷静に対処し、ある者は動揺したままである。

コビド・パンデミックは、この事実を表面化させる最大の手段の一つである。人間は傷つきやすく、死すべき存在だ。しかし、多くの人はこのことを忘れがちだ。この24カ月間、多くの事例を目の当たりにしてきた。愛する人が高みへと旅立ったとき、多くの人が地球の裏側にいた。最期の瞬間に立ち会えない、あるいは最期の旅路に立ち会えないという痛みは、多くの心理的問題を生んでいる。無力感は非常に強い感情だ。

神の法廷では、訴えることはできない。人は彼の意志を潔く受け入れなければならない」。母がより高みへと旅立ったとき、私のお爺ちゃんはこう言った。罪悪感を抱く余地はないはずだ。その瞬間は神が決める。その時が来れば、先延ばしすることはできない。この段階は非常に優しく、内面的な葛藤が絶えず、疲れる。その出来事が繰り返し頭の中で繰り返される。人は死に打ち勝つために、ミスや、より良い決断ができたかもしれない瞬間を見つけようとする。その状況下で下した決断が最良のものであったことを思い起こすことは、非常に重要である。

徐々に、それぞれが閉じる方法を見つけていく。その終結は、完全な治癒に近い。愛する人の思い出の品々を手元に残しておきたい人もいる。故人が好きだった食事を作る人はほとんどいない。兄弟姉妹の癖を見分けようとする者はほとんどいない、ある者は遺産を引き継ごうとし、またある者はやり残した仕事に意味を与えようとする。あるいは、私のように愛する人に本を捧げる人も少ない。

拙著『Momsie Popsie Diary -人生を生きるためのティータイム雑談-』が私の締め括りである。今は母のことを話しても目が濡れない。自分の区切りを見つけるのに 5 年近くかかった。みなさんが閉鎖を見つけることを願っています！

ほんの一瞬の思いつきだ！これは本当に終結なのか？あるいは、私たち自身を騙しているのかもしれない！

人生を分析せず、人生を楽しむ。ショーは続けなければならない。

]]]

42.別れるために会い、会うために別れる

私たちがすれ違うのには理由がある。この人生の旅で出会うすべての魂の背後には、神聖な目的がある。多くの場合、神は困難な時期を乗り切るために適切な人物を送ってくださる。困難な時期の真っ只中にいると感じるときはいつでも、その状況は一時的なものであり、やがて過ぎ去るものだと優しく思い起こすことが、困難に立ち向かう助けとなる。このような挑戦は、彼の愛、懸念、そしてその特定の魂が進化する必要性を表現する "彼 "の方法なのだ。

この宇宙で唯一不変なものは『変化』である。しかし、私たちは確信を持って生き、安定を求める。静水は停滞し、藻類を発生させる。誰もが変化を好み、単調な日常からの脱却を求める。

私たちの魂が認めない変化がある。子供たちが家を出るように、高校生が大学に入学するように、卒業式が間近に迫り、ホステルの日々が終わりを告げるように。寝る場所、食べる場所、勉強する場所、駐車場を変えるような単純な変化でさえもだ。違う食事メニューを試すことさえある！

不変のもの、人間はそれに抗い、自然に逆らおうとする傾向がある。私たちの多くは波に逆らって泳ごうとする。時に最善の方法は、神を信じ、波とともに泳ぐことだ。これが必要な原動力となり、時には必要な後押しとなる。

"抵抗するものは持続する！"この 4 つの言葉の意味を理解すれば、人生はシンプルに見えてくる。そんな思いが頭をよぎる。友人の一人が永久に去ることになり、私はその思いと和解しようとしていた。

一歩前に出た人は、後ろの人よりも早く美しい景色を目の当たりにする。だから、彼は全幅の信頼と熱意をもって足踏みをする。友人に十分な知恵と幸運を祈りながら、私は車を回して家路についた。これらは同じコインの裏表であり、人生である。人生に置かれた局面を楽しもう」。多くのコミュニティでは、"また会う日まで "と言うのが常だ。この人生の輪に別れはない。別れるために会い、会うために別れる。

新たなエネルギーとパワーで満たされ、笑顔と希望を持って帰る。裏を返せば、会うべき相手ということになる。だから、日々の一瞬一瞬を十分に楽しむことだ。この習慣を身につけよう。

(執筆のたびに読者と会い、再会を願って最後に別れる)

]]]

43.真実は存在するか

最近、私は真実に興味をそそられている。どうやって真実を数値化するのか？それは本当に存在するのか？もしそうなら、誰がそれを定義するのか？

古代では、右翼と左翼は明確に区別されていた。

/ 間違っている／間違っている、本当／嘘、倫理的／非倫理的など。人類の進化とともに、その境界線は曖昧になったようだ。トランジションゾーンは徐々に拡大し、両側から吸収されている。前世紀後半には、エンパワーメント、解放、平等に関する多くの運動があり、それらも貢献してきた。

人それぞれに真実がある。普遍的な真理は依然として最高の地位を占めている。人間は真理を追求することに忙しく、普遍的な真理が見落とされがちだ。このプロセスは子供の頃から積み重ねられ、生涯続く。現在進行形のプロセスだ。中立的な立場の人間が真実を突き止める手助けをしてくれる。

最近遭遇する状況は異なっている。テーブルの頭側に立っている人は「6」を「9」と読むが、テーブルの足側に立っている人は「6」を保証する。この文脈では、どちらも正しい。赤道の南側に住む人と、赤道の北側に住む人がいる状況を考えてみよう。時間帯、天候、日差しなど、まったく正反対になる。どちらも自分の真実を話すだろうが、ただひとつ言えるのは、彼らの真実は一致しないということだ！

善悪や真偽という概念はあるのだろうか？自然とシンクロし、母なる地球のためになることはすべて正しく、真実である。全ては自分自身の視点と、他人の立場に踏み込もうとする意欲が重要なのだ。人生はもっとシンプルになる相手の立場を理解しようとすれば、それは楽しいことである。

ある年齢まで、例えば教育を終えるまでは、これは白黒はっきりさせるべきだ。自分のコンフォートゾーンを超えて40代になると、解放感と受容感が生まれる。すべてが正しく、真実であり、倫理的であることに気づく。すべては自分自身の視点と、他人の視点も受け入れようとする姿勢の問題なのだ。もし私の視点があなたの視点と一致しないなら、私の真実も受け入れることを学び、あなたの真実は自分の胸にしまっておく。

私たちの語彙を、真実／より真実、正しい／より正しい、倫理的／より倫理的、などに変えれば、この世は天国になる。そして、神の国を出て神の国に入る時が来たら、神はきっとこう尋ねるだろう。"それで、天国はどうだった？"と。

]]]

44月18日／19日 # 愛と悲しみの逢瀬

我が家では、6月18日を「聖人の死」の日として記憶している。ヒンドゥー教の教えでは、2015年のこの日は、神自身がそのような高貴で敬虔な魂を歓迎するため、魂が死すべきコイルから離れ、全能の神と共にあるための最も吉兆な日であった。こうした思いが、母を亡くしたことを受け入れる上で少しは役に立っている。私の母は自分の意思で人生を生き、自分の意思でこの世を去った。

遡ること24年前、私はこの日（6月18日）、ムンバイ-ニューデリーのラージダニ特急に降り立った。ニューデリー駅でのこの一歩が、私の人生を永遠に変えた。

月 19 日、私は最愛の人に出会い、独身から婚約者に変わった。それから16年が経ち、母の火葬のとき、悲しみが私を包み込んだ。私の一部は彼女と一緒に火葬に入った。毎年、この2日間は複雑な感情の津波をもたらす。ただ、この1週間、どう感じていいのかわからない。人生は2つの顔を同時に見せる。そうだね！人生とはそういうもので、さまざまな感情が入り混じるものだ。

感謝の気持ちでいっぱいになりながら、私のデビュー作『Momsie Popsie Diary Tea time chit chat on living life』が、ゴールデンブック賞を含む16の賞を受賞し、フェローシップ1回、ノミネート3回という快挙を成し遂げ、文学界で話題と評価を得たことを分かち合い、身の引き締まる思いです。著書は14冊（うち2冊は単独執筆）。

私はまた、この本に対する祝福と支援を求めている。

私の本を読みそびれた人のために、最後のほうに別セクションを設け、すべての掲載リンクを紹介している。これらはペーパーバックと電子書籍として、インドおよび国際市場のすべての電子商取引サイトで購入できる。あなたのグループの家族、友人、仕事仲間全員に紹介してください。

]]]

45.時代の要請 # 人間のエンパワーメント

太古の昔から、弱い性である女性や、より公平な性である女性に力を与えようという宣伝がなされてきた。偽善とは、そのようなことを口にする人々が女性によってこの世に生を受けたという事実にある。どうして猫がライオンを産むことができるのか？ライオンを産めるのは雌ライオンだけだ。このような重い言葉の話は何の意味も持たず、無駄なものとして捨てるべきだ。

なぜ女性という性別に弱者というレッテルを貼って、エンパワーメントを語るのか。レッテルがなくなれば、私たち全員が女性を一人の人間として見ることができる。9 カ月もの間、子を胎内に宿す女性の力を、誰も判断することはできない。出産時の痛みに耐える力、子供を育てる忍耐力、幼少の頃住んでいた家を離れ、男の四つ壁の家を家にする無私の精神は、女にしかできないことだ。

もし男性が生き残りたいのであれば、エゴを捨て、女性をライバルとしてではなく、相手として認めるべきだ。男と女を比較することは決してできない。比較のためには、両者のパラメーターは同じでなければならない。このような状況では、肉体的属性、感情的パワー、そして何よりも繁殖能力において、型はまったく異なる。

誰かを貶めることで自分の軌道を上げることはできない。クリアな視界を得るためには、地上から上がらなければならない。人間の場合、母親の身長にもよるが、旅は常に地上から少なくとも2～3フィートの高さからスタートする。しかし、彼らのビジョンは損なわれている。

自分自身や他の女性に力を与えるだけでなく、男性に力を与えることができるのは女性だけだ。この疑問は、なぜ、どのようにして、女性に（母親の

役割)は、他の女性、成長すれば自分の家の女性さえも見下すのか？少年／男性の生い立ちにはグレーゾーンが多い？

その答えは、女性が人生のさまざまな段階で、さまざまな役割の中で行動を変えることにある。娘の言うことをよく聞く）溺愛する義理の息子を高く評価し賞賛する女性は、自分の息子を義理の娘の召使いと見なし、そのことを口に出す機会を逃さない。皮肉じゃないか？娘の夫は妻の世話をしたことで賞賛されるが、自分の息子は同じことをしたことで辱められる。

肝心なのは、年上の女性の不安だ。義理の母親は義理の娘をライバル視し、決して受け入れようとしない。間に挟まれた男は、しかし、この状況を最大限に利用し、支配を開始する。

非難合戦でエネルギーを浪費するのはやめよう。状況を受け入れ、ベストを尽くそう。この人間関係の輪の中で、互いに助け合いながら上昇していこう。性別や経済的、経済的地位といったレッテルを貼ることなく、一人の人間として魂を見てみよう。そうすれば、人生は生きる価値があり、幸せで満足のいくものになるだろう。

魂のレベルでつながる努力をする。正しい方向への小さな一歩が、幸せな目的地へと導いてくれる。

幸せな魂のつながり！

]]]

46.AAAを解読する-パート1

免責事項：この文章は筆者の経験に基づくものである。誰かの感情を傷つける意図はない。いかなる人物に類似していても、それはまったくの偶然である。

「トリプル A」はこの地球上で最も強力な言葉のひとつだ。状況や心の状態によって、それは解読できる。この記事では、トリプルAをアルコール、怒り、傲慢とする。

精神のバランスを崩すのは、必ずしもアルコール摂取後である必要はない。怒りと傲慢さは、攻撃的な行動を引き起こす強力な刺激剤である。その矛先は、主に配偶者や子供といった身近な家族に向けられる。種は子宮内か幼児期に蒔かれる。生まれたばかりの魂は純粋で、敬虔で、平和で、力強い。周囲の環境が彼の人格と性格を形成する。

このどちらかを抱えた魂は、周囲の人々のためではなく、自分の身を守るために目に見えない砦を周囲に作る。行動パターンはいずれも同じである。攻撃的な時期もあれば、冷静な時期もある。この3つのタイプには、永久に否定され続ける状態がある。これらはすべて、一時的なコントロール状態をもたらす。目標は、生きて、生かされて、絶対的な幸福を得ることだ。否定している状態では、改善の扉は決して開かれない。

脱中毒や感情管理セラピーは、自分の行動があらゆる人間関係において取り返しのつかないダメージを与えているという事実を本人が受け入れて初めて効果を発揮する。否定モードが受容モードにリセットされて初めて、セラピーは実際に機能する。

最初の一歩は最も勇気のいるもので、これは自己との戦いだからだ。内なる戦いは最大の戦いだ。

奇跡は、単 4 電池を「気づき」、「受容」、「調整」という新しい単 4 電池に交換し、自分自身と周囲の人々の人生を美しくしようとする意志があれば起こりうる。そうして初めて、人は満足し、満たされた人生を送ることができる。

単 4 電池を定期的にチェックし、適時に交換することが、自分自身と周囲の人々の平和と調和の鍵である。

続く

]]]

47.AAA を解読する-パート 2

免責事項：この文章は筆者の経験に基づくものである。誰かの感情を傷つける意図はない。いかなる人物に類似していても、それは単なる偶然である。

トリプル A は、この地球上で最も強力な言葉のひとつである。状況や心の状態によって、それは解読できる。この記事では、トリプル A をアルコール、怒り、傲慢とする。パート 2 に続く
、

浅瀬は海に比べて騒音が大きいと聞いたことがあるだろう。同様に、そのような魂には浅はかさ、弱さがあり、トリプル A がその対処法なのだ。自分を正当化しようとするあまり、酒に溺れたり、怒ったり、傲慢に振る舞ったりする。彼らの内面は怖がりで、批判されることを恐れて衝動的になっている。これはニューロンを減衰させるか興奮させるかのどちらかである。活動伝達の正常な状態が失われる。

ここで登場するのが、家族や友人などの役割だ。そのような魂には同情すべきだ。適切な行動を期待すべきではない。それは、相手を傷つけるつもりで燃え盛る石炭を手に持っているようなもので、その過程で自分自身が傷ついていることに気づいていない。自分の手を汚さずに誰かに泥を塗ることはできない。

否定的な意見が大多数を占め、それゆえ治療が困難になる。ダメージに気づいたときには、人間関係はすでに引き伸ばされ、緊張している。規定時間内に修正しなければ、これらは永久に壊れる可能性がある。長く伸ばしすぎると、弛んだ部分が残る
。

これらはすべて対処療法と言える。幼少期に多くの批判を受けた人は、傲慢になるか攻撃的になる。これらの魂は感情的に弱いため、このような行動は防衛的である。最も一般的なものは、親の愛情、特に母親の愛情の欠乏である。このような態度をとることで、自分を傷つける外界から身を守ることができる。抱擁されるのを待っている、巨大な外見の中の神経質な子供を識別するためには、それらを掘り下げる必要がある。豊かな愛情と配慮があれば、彼らを助け、少なくとも心理学者の診察を受ける自信を得ることができる。

アルコール中毒は、太古の昔から私たちの社会に存在する。これは最も急速に成長している文化（？）一般的に、男性は自分自身を扱うことができず、この途方もないプレッシャーを発散するためにアルコールに溺れる。この酩酊感が恐怖心を克服させ、力強さと支配力を感じる傾向がある。最近では、多くの女性もストレスを和らげるためにこれに興じている。これは非常に強い依存症であり、当事者がそれを断ち切るには計り知れない意志の力が必要である。

偉大なパンジャビ・スーフィーの詩人ワリス・シャーは、中毒や習慣についてこう言っている（私のおっちゃんに何度も聞いた）。要するに、習慣を変えるのは比較的簡単だが（莫大な意志の力と自制心が必要だが）、中毒をやめるのは非常に難しいということだ。

"ワレ・シャー・ナ・ヴァイバタン・ジャーンディエ・ネ、バヴェイン・バンド・バンド・カトワ・デヘ"

AAA コードを「Awareness（気づき）」「Acceptance（受容）」「Alignment（調和）」に変え、自分自身と周囲の人々の人生を美しくするために努力しよう。

意識的な状態で人生を生きることは、最も強力な依存症である。

病みつきになる！

48.人間関係の問題だ！

あなたはナルシストと暮らしていますか？

私たちの社会は、社会における多くの関連問題に声を大にして取り組んでいない。性教育であれ、避妊法の啓発であれ、家庭内虐待であれ。多くの法律が制定され、多くの意識向上キャンプが開催されているが、まだ十分ではない。

そんなグレーゾーンのひとつが人間関係の問題だ。部屋の中に象がいるのに、誰もそれに対処しようとしないようなものだ。この問題に取り組むまで、解決することはできない。さまざまな視点がある。既成の解決策など存在せず、それぞれの状況がユニークであり、それゆえに答えもユニークなのだ。自分で解決する必要がある。

私は、人間関係に問題を抱えている多くのカップルを知っているが、議論や冷めた状況につながるため、議論することに懐疑的だ。だから、それを避けるのが一番なんだ。基本的な理解として、交際と呼ぶには少なくとも 2 人の個人が関与しており、問題を解決するには両当事者も必要である。

最近、夫婦間のナルシスト行動について多くのことが語られている。人間関係の赤信号を見極め、対処法を考え、自分なりのメカニズムを考案するのに役立つ多くのビデオがオンラインで入手できる。言うのは簡単だが、実践するのは難しい。ナルシストが使うガス灯には、主に 4 つの D がある-否定、矮小化、偏向、否認。

これは、頭を岩にぶつけたり、壁に話しかけたりするようなものだ。ほとんどの場合、話し言葉は否定される。

相手（この場合は被害者）に自分を疑わせるような言動。矮小化（diminishing）に続いて、これは問題の大きさを最小化することにつながる。ハンターは、小さな問題がいかに被害者によって大げさに扱われているか、あるいは被害者が過敏に反応しすぎているかを描こうとする。そのため、被害者は再び自分を疑うようになる。偏向とは、話題全体をUターンさせ、被害者を指差す最も賢い手口のひとつである。4つ目は、事件全体をなかったかのように片付けることだ。

このような心理戦はよくあることで、見逃されることも多い。その結果、いつも一方のパートナー（被害者）は自分のせいだと感じ、行動や話し方、カウンセリングを受けるなど、自分自身を改善する傾向がある。彼らは自分のことをナルシストだと考える傾向があり、この1つのヒントがギブアップにつながる。これは、あなたがナルシストと同居していることを証明する赤い旗である。

通常、このような行動は家族内で起こり、ナルシストの男性にはたいてい母親の傷がある。彼らの子供時代は不幸で、配偶者に子供時代の話をすることはめったにない（赤信号）。まるで、子供の頃の思い出がすべて白紙に戻されたかのように。

ある人は、人間関係の問題を扱ったことのない家族に相談しようとする。最初のうちは、家族はわが子を理解し、もっと理解し、もっと思いやりを持ち、無条件に受け入れるように努力するなどのカウンセリングをすることができない。根気強く話し合ううちに、彼らはナルシストの行動の可能性を受け入れ始める。しかし、被害者が日々直面している継続的な精神的トラウマを理解することはできない。

多くの場合、被害者はナルシストの魔手から解放されるために人生を終える。希望、裏切り、希望のサイクルが続く。幸運なのは、この関係から足を洗う勇気ある一歩を踏み出す人だ。より良い人生を送るに値すると彼らは感じているからだ。

選択は常に私たちのものだ。正しい精神状態でなければ選択できない。読者の皆さん、そしてご家族の皆さん、もしあなたが、ガス灯の被害者である自分の立場を常に理解させようとしている人をご存知なら、何も申し上げることがなければ黙っていてほしい。大したことはできない。私たちはただ、あなたの感情の発露に耳を傾け、サポートするだけでいいのです」。

ほとんどの場合、最善のサポートは受動的な傾聴であり、能動的な解決策はない。その人はすでに自分自身の戦いであることを知っており、通常は弾薬を見つける。すべては時間の問題だ。それまでは、聞き上手になる練習をしよう。

(注：ガス点火の被害者は、助けを求めている時、精神的に弱い状態にある。道徳的なアドバイスや教訓はご遠慮ください。ただ彼らの話を聞き、できることなら彼らの状況を理解して力を与えるようにしてほしい。このような被害者が表に出てオープンに議論するのは、とても勇気のいることだ)

]]]

49.家族との交流-有給の仕事？

この20年間、あらゆる分野、特にデジタルの世界で目覚ましい進歩を遂げてきた。携帯電話はスマートフォンになり、ハンディカムやビデオカメラは使われなくなり、テレビ、ビデオカセットレコーダー、音楽システムなども家の片隅でくすぶっている。最新はチャットAIだ。

デジタル化が進み、あらゆるものが指先ひとつで手に入るようになったこの速いペースの世界では、人と一緒にいる必要性は次第に後回しにされつつある。ほとんどの人が自分の会社を手にしており、その会社とは、電話、カメラ、時計、目覚まし時計、手帳などの役割を果たす携帯電話である。

人間は同時代の人より先に行こうと急ぐあまり、人生が目的地ではなく旅であることを忘れてしまっている。グリーンノートを獲得するための探求心が彼の心に重くのしかかり、家族と過ごす時間が時間の無駄、あるいは生産性のない時間のように思えてしまうほどだ。生産性は収入を得ることと正比例する。

多くのカップルで、"私たち "の時間がなくなっている。このお金を追い求めるパートナーは、朝も夜も（ルーティンワークの時間以外に残された時間）マネープランニングに忙しく、家族の時間はほとんどなくなっている。稼ぎ頭のパートナーに殴られるのを避けるため、家族は対立を避けようと最善を尽くす。家族内の不寛容は増加傾向にある。

最良の行動は、家の外での仕事上の交流のためにとっておくものだ。職場において精神的、感情的に最高の状態でなければならないというプレッシャーはとてつもなく大きい。

を作り上げる。そのため、家に帰り、自分の居心地のいい場所にいると、たいてい爆睡してしまう。これが彼らのリリースメカニズムだ。否定的な意見、批判、逆境はすべて、ちょっとした苛立ちで一気に吐き出される。その結果、交流は最低限かゼロになり、その後に続くのは石のような沈黙である。テレビはおしゃぶりのようなものだ。

私たちは、自分たちが快適で、惨めにならないように稼ぐ。このことを忘れず、家族との時間を大切にしよう。結局のところ、人は家族や配偶者、子供たちに最高の生活を提供するために懸命に働いているのだ。

私の長年の友人もこのような問題に直面していた。夫が怒ったような口調でこう言った。この時間に対する報酬は支払われますか？私は自分の言葉で報酬を得ている。私はあなたと時間を無駄にしたくない。私の時間は貴重だ。これらの文章は友人の心を芯から傷つけた。夫の多忙な生活に自分が溶け込めるとは思えなかったのだ。しかし、その代償は？物質的なことはもちろんのこと、お互いの付き合いを喜び、大切にすることができないのに、預金残高を増やすことに何の意味があるのだろう。彼女は荷物をまとめて彼のもとを去った。彼女は子供たちを連れて行った。彼女は別の都市に移り住み、自分と子供たちのためにかなりうまくやっている。

彼女の夫は 5LDK のアパートをすべて自分のものにしており、働く時間も、話す時間も、お金を稼ぐ時間もすべて自分のものにしている。彼が立ち止まり、自分がどこに向かっているのかを理解することを願っている。

夫婦の健康と正気を祈る。夫と妻の間にはそんなものはない。彼らの愛、信仰、尊敬は、家族がバランスを保つための基盤である。家族との交流や時間はやりがいのあるものであり、その対価は愛、ハグ、思いやり、理解、気遣い、そして何よりも生涯のパートナーや子供たちという形で支払われる。これは、最高の長期的利益と有望なリターンをもたらす最高の投資である。

母親は、"私はこの母親の仕事で給料をもらっているのだろうか？"と尋ねることはめったにない。答えは "イエス "だ。子どもたちが責任感があり、思いやりがあり、幸せな市民に成長したとき、その報酬はずっと後になって現れる。母親たちは未来を築いている。

すべては物事をどう見るかの問題だ。だから、配偶者と家族に時間とエネルギーを投資し始めるのだ。これらは、長期的な利益を得るために投資するのに最適な銘柄である。

]]]

第 4 シーン
言葉の世界

（サヴィカとアーディティヤによる）

50.言葉の使い方

私のブログが 2 万 4 千ビューを超えたことを記念して、「言葉の世界」での私の経験を紹介します。自分の本を出版するのと、アンソロジーに共著者として参加するのとでは、顕著な違いがある。どちらのシナリオでも、著者であるあなたに著作権があり、美しく出版された本が出来上がる。

このプロセスにかかる時間と経験は、まるで赤ん坊を産むようなものだ。軽い気持ちで言えば、自分の本を出版することは、普通のコースで赤ちゃんを産むようなものだと思う。あなたは一分一秒、この旅の一部なのだ。すべての発展段階を知ることができ、仕事が進むにつれて喜びやマイナス面も感じることができる。最高のチームを雇ったにもかかわらず、青信号が出るまで何も動かない。それぞれの段階で、承認する必要がある。アンソロジーの共著者としては、代理出産で子供を授かるようなものだ。あなたは関係する出版社に原稿を渡し、承認を得る。承認されれば、あとはのんびりと座っていることができる。すべての責任は（代理人である）コンパイラーにあり、コンパイラーは本が出版されるまで、すべての原稿を集め、修正を加え、すべての著者と調整し、本のカバーデザインなどを最終決定する責任がある。

書くことは瞑想状態にあることだ。必要なのは静寂とリラックスした心身の状態だけだ。そして30分ほどすると、あなたは奇跡を目の当たりにする。これには多くの人が共感するだろう。考えが尽きたら、結論を出す。目の前にあるのは傑作だ。

サバティカルを終えて、私は自分の考えをブログに書いている。私は、いくつかの出版社を開拓し、仕事をしてきた。

この言葉の世界を理解するために。私の経験では、本を書く喜びは言葉で表現したり説明したりすることはできない。それはまるで自分の中にいる赤ん坊を感じるような感覚であり、経験だ。状況によっては、代理出産の方法を採用することもできる。自分のルールは自分で決める。結局のところ、人は自分の人生の旅路において運転席に座り、ハンドルを握るべきなのだ。

どこに行っても、誰と会っても、魔法の粉を振りまき続ける。

]]]

51.接続を変え、人生を変える

(接続詞の使い方の問題だが、日常会話では）。

朝の散歩に行きたいけど……、ダンスクラスに参加したいけど……、トレッキングに行きたいけど……」。

この状態が数分続いたとき、私は突然、彼女を止めたいという衝動に駆られた。彼女が話す文章には、2 つのパートがある。最初のパートは、彼女がやりたかった活動についてのもので、2 番目のパートは、彼女が最初のパートをどのように／なぜできなかったのかという、正当化というか言い訳に終始していた。私は彼女の会話によくついていけた。

私は、この "but "という言葉が私たちの語彙の中で非常に重要な位置を占めていることを観察してきた。この接続詞は、正反対の 2 つの考えを結びつけるために使われる。自分を正当化したいときはいつでも、どこでも、"しかし "という言葉を使う。この言葉を使うと、ユーザーは防御的な行動をとるようになる。責任感やモチベーションの欠如が暗黙の了解となっている。私は簡潔に説明し、友人には "but "の代わりに "and "を使うように頼んだ。幸い、彼女は私の哲学を理解してくれた。私たちは会話を再開した。その様子を一部紹介しよう。

朝の散歩に行きたいのですが、同時に子供を学校に送らなければなりません。私は夕方のダンスクラスに参加したいのですが、夕方のオフィス業務に出席しなければなりません。今年の冬にトレッキングに行きたいのですが、子供が受験を控えています。彼女は携帯電話を通してキスを送り、こう言った。以前は、無力感や脱力感を感じていた。今は前向きで、自分の人生をコントロールできていると感じている」。

"いつもそばにいる。ありがとう！私もブログのアイデアが浮かんだわ」と私は微笑みながら電話を切った。私は昔からこれを採用している。あなたも意識的にこれを取り入れてほしい。言葉は確かに世界だ。読者の皆さんが幸せで、やる気とパワーのある人生を送れますように。

(次のプロジェクトを始めなければならないし、ヨガも再開しなければならない。

どちらもマインド、ボディ、ソウルのアライメントを必要とする。もう止められないんだ（笑)。

]]]

52.あなたはファブピン？言葉は世界

「ファブ・ビング

携帯電話やその他のモバイル機器に注意を払うために、仲間や同伴者を無視すること。"

この言葉（私にとって新しい）とその意味は、現在のシナリオを如実に反映している。デジタル化に向かって進化し続けるこの世界で、私たちの行動の変化に対応するために、私たちの語彙は飛躍的に増えている。

電話をスナビングするのはファビングだ。無礼で思いやりのない行動になりがちだ。テレビ、ノートパソコンなど、他のガジェットもある。ただ、TV-ubbing、Lap-ubbing などという新しい言葉がすぐに出てくるかどうかは疑問だ。ソーシャルメディアも忘れてはならない。

人間の本性の暗黒面がその功績のために言葉を捧げるこの進歩に、当惑を感じている。

この速いペースで進化する世界では、常に心をオープンにしておく必要がある。この世界の動きを見ていると、すぐにこの新しい言葉が生まれるのではないかと心配になる。

Nat-ubbing#自然をこき下ろす。自然が人間を無視し始めたらどうなるかと思うと、鳥肌が立つ。

立ち止まって考える時間だ！これが真の近代化なのだろうか？今の時代、人は創造主である人間よりもロボットに信頼を置いている。さまざまな分野でロボットが活躍している。決断力と感情の面でも仕事が進んでいる。

phubbing や接尾辞に "ubbing "がつく言葉から遠ざかることを祈る。

言葉選びは慎重に。変えてはいけないものを選んでいるのだ。

ハッピー・リーディング幸せな分かち合いだ！

]]]

53.サポート対ヘルプ

これは、内なる戦いと闘う魂に捧げる即興の文章である。私たちの日常的な会話から、このような示唆に富んだ文章が生まれた。

この記事は、「言葉は世界」シリーズの続編です。私は言葉の力を固く信じている。私たちが口にする言葉は、私たちの運命を形作る煉瓦である。多くの場合、私たちは知らず知らずのうちに、同じ意味に見える言葉を微妙な違いで使いがちである。その意味と本質がまったく異なるものであることに、私たちはほとんど気づいていない。例えば、Depression-悲しみ、Stress-緊張、Support-助け。この記事では、サポートの本質である「ヘルプ」を取り上げる。

人類を助ける」「家族、子供たちを支える」。なぜ人類を支援し（支援せず）、自分の家族や子供たちを支援する（支援しない）のか、立ち止まって考えたことがあるだろうか？我が子を支えたい」という私の学識ある魂の何気ない一言が、私をこの言葉の世界の旅に連れ出した。

ヘルプとは、「サービスやリソースを提供することによって、誰かの手助けをしたり、何かをしやすくしたりすること。To Support は「承認、慰め、励ましを与えることによって援助を提供すること、あるいは支えることができること」である。今、サポートは、無力や弱さという否定的な雰囲気を送りがちなヘルプに比べ、より力強く、強く、前向きな印象を与える。

このことを掘り下げていくうちに、人はこの言葉が生み出すインパクトに気づかずに使ってしまいがちだということに気づいた。私の思考は停止し、トランス状態になった。出てくる言葉

私たちの口から発せられる言葉は、その言葉の届く範囲にいる人々にとって、次の瞬間のペースを決めるものとして、大きな重みを持つ。

親として、私は子供たちをサポートし、バックアップやスタンバイとして手助けをしておきたい。私のメールに DM（ダイレクトメッセージ）で感想をお寄せください。

読み続ける：共有し続ける。

]]]

シーン 5
次世代ワールドへのスニークピーク

（サヴィカとアーディティヤによる）

54.私は学位を無駄にした-僧侶による洞察

レジデント・デイの証明書を見ながら、私は顔を上げてため息をついた！この道を歩き始めたときに設定したゴールと、辿り着いた目的地が曖昧に思えた。まるで神が何か間違いを犯したかのようだった。それは実際に起こり得るのか？私の脳と心の中で答えは明白だった。神は私たちにとって最善のことをしてくださる。最初はわからないかもしれないが、長い目で見れば、それは常に私たち自身の向上のためになる。この感謝と信念の哲学とともに育った私は、証明書のファイルを少しずつ元の場所に戻していった。

突然、心臓が引っ張られるような感覚に襲われ、足が重く感じられた。私の身のこなしは、幸せな状態から自責の念に変わっていった。私の学位は無駄になった。どこからともなく、"ママ、何言ってるの？"という声が聞こえた。私のトランス状態は破られ、この言葉が私を現実に引き戻した。年長の僧侶が固い表情で私を見ているのが見えた。「ママ、どうしてそんなことを考えるの？あなたは素晴らしく、楽しさに満ちた、完全な幸せな人生を送っている。体調が悪いときでも自分の仕事をこなし、決して休まない。ドレスとスニーカーを身につけ、常に準備万端なあなたを見てきた。では、どうして学位を無駄にしたのですか？学位は、当人が要求されるように働かず、専業主婦になることを決めれば無駄になる。このようなシナリオでは、学位が無駄になると考えることができる。期待通りに働いていないのであれば、話は別だ」。

ひとつひとつの言葉が的確なところに当たっているようだった。感謝と愛の感情が押し寄せ、私の感情状態は興奮と幸福の状態に変わった。私のママシーが残した空白は、僧侶たちによって埋められることもあった。彼らの理解の深さと成熟ぶりには、いつも言葉を失う。

私の年長の僧侶はこう続けた。やむを得ない理由で何度も遅刻しながらも、自分の仕事を全うしている。あなたは私たちを育てるために貴重な時間とエネルギーを費やしてくれた。あなたは仕事もこなしながら、子供や家族にも時間とエネルギーを賢く投資してきた。あなたは私たちの多くにインスピレーションを与えてくれる。

私の心臓は複雑な感情で膨れ上がり、彼女を抱きしめながら、まぶたは涙の海をこらえるのがやっとだった。その瞬間は、無限の年月を生きた人生のように感じられた。いたずらなウィンクをしながら、彼女は微笑み、「さあ、お気に入りの乗り物、自慢の自転車で仕事に行きなさい」と言った。

目に見えない重荷が、私の胸から取り除かれたようだった。エネルギッシュで、歩くときの疾走感が戻ってきた。このような時こそ、神が媒体を通して私たちと接触していると感じるのだ。今回の霊媒師は年長の僧侶だった。

神があなたに届こうとしているすべての媒体を識別できるよう、意識的に心を開いた状態になるように心がけよう。

]]]

55.子供の手を離れる適切なタイミング

子供たちは未来のものだ。彼らは私たちを通してやってきたが、私たちが彼らを所有しているわけではない。私たち一人ひとりが上記の 2 行を覚えていれば、人生はずっと楽になるだろう。

私たちは誰も生まれながらの親ではない。私たちは最初の子供が生まれてから親になる。子どもによって、求められる子育てのスタイルは異なる。だから、最高の親になるためにマスターすべきルールブックはない。競争もレースもない。それぞれの親が自分の知識、知恵、本能に従って最善の仕事をする。

子どもの手を離れるタイミングは？これは 100 万ドルの質問だ。それぞれに答えがあるはずだ。私はいつも、子供が手を離すまで手を握っていること、そして親が早めに手を離さないことを信じている。その意図は純粋で敬虔であり、子供たちを自立させるための無条件の愛である。

誰もが自分の意思で行動する空間を好む。選択によってなされたことは、押しつけられた決定よりも大きな満足感を与えてくれる。同じようなことがこのケースでも起こる。子供が自分の意思で手を離れたとき、自信は飛躍的に高まる。親が手を引っ込めるような状況では、子どもは不安を感じるかもしれない。その結果、子供がしがみつく時間が長くなるかもしれない。

選択するのは常に親である私たちだ。遅かれ早かれ、子どもは自立する。焦ってはいけない。アフターボイドは、多くの親に受け入れられていない

このクラスプをいつまでも大切に。子どもはいつかはあなたのもとを去っていく。愛と自信に満ち溢れた、しっかりとした親子間の握手を。お子さんに選ばせてあげてください。

幸せな子育てを！

56.いいえ！その必要はない。

ここ最近、この言葉は私の友人のボキャブラリーの中にあり、彼女の子供たちが要求したり要求されたりするほとんどすべてのことに使われていた。この「ノー」という言葉は、子供たちが要求したり話したりすることなら何でも拒否する彼女の反射的な言葉だった。このようなことが数日続いた後、彼女の年配の僧侶が電話をかけてきて言った。母は善悪の意味も知らないし、ティーンエイジャーの育て方も知らない。私たちは、たいていのことに対して「必要ない」と言われることに慣れてしまっている。時には、彼女はこちらが何を伝えているのか知ろうともしない。この 2 文字の言葉は平手打ちのように感じる。彼女の相談に乗ってあげてください」。

私の友人が厳格な親で、規律正しい教育を信条としていることは知っていた。子供たちが10代になると、彼女は手綱を引き締め、ほとんどすべてのことに抑制をかけた。彼女は「ノー」という言葉に落ち着きを見出すようになったようだ！その必要はない」。これは逃げの一手だった。しかし、私の友人はそのことに気づいていなかった。

私たちの話し合いの大半は、散歩中に行われる。そこで、彼女に状況を説明するつもりで、夜の散歩に誘った。公園を 2 周した後、お茶を注文し、青々とした芝生の上に腰を下ろした。私は因縁をつけて、彼女の両親がよく使っていた子供の頃の思い出の言葉について尋ねた。すぐに彼女はこう答えた。"両親は私たちの言うことをよく聞いてくれたけど、高校生になるといつも私たちに決断を委ねていたわ"。ノーという言葉を何回聞いたことがある？「あまりない」と彼女は答えた。その後、私たちは静かにお茶を飲みながら夕日を眺めた。

「私たちは今、人生の中間段階にいる。以前は親が私たちの面倒を見てくれたが、今は子供たちの面倒を見なければならない。私たちはこの絆を何度も強めるべきだ。子どもたちは、私たちが口にする言葉よりも、言葉にしない行動を通して学ぶ。何度も言うが、違う！その必要はない。今後数年間、困難な時間を過ごすことになる。考えてみてください」と私は言った。

彼女は身を震わせたようで、ため息をついた。"やあ！あなたの言う通り、子供たちが私たちに依存しているときに、私が親としての自分を主張すれば、私たちが子供たちに依存するようになったとき、子供たちは間違いなく同じことをするでしょう。お茶を飲み終え、勘定を済ませ、駐車場に向かって歩き始めた。車のドアに手をかけたとき、彼女は振り返って微笑み、数秒間私を抱きしめた。その数秒の間に、私たちは最高のコネクティビティを体験した。

それから数カ月、子供たちとの関係に変化が現れ、平和が訪れた。「蒔いた種は刈り取る」 賢く慎重に蒔く。

]]]

57. どの程度が多すぎるか

誰もが一度は耳にしたことがあるはずだ。彼女／彼は気にしすぎ、彼女／彼は愛しすぎ、彼女／彼は子供と過ごす時間が長すぎる、彼女／彼はオフィスにいる時間が長すぎる、勉強に、電話に、ジムに、子猫に、社交的であることに、ソーシャルメディアに、リストは長い。

私は、"やり過ぎ "を測定または校正できるツールを探すことにした。私の探求は様々な本を読むことにつながり、そして最後は私のおっちゃんと議論することになった。私たちはこのことについて、もし過剰なキャリブレーションを手助けしてくれるようなツールが存在するならば……と、長々と話し合った。

それぞれの人生観は、家庭環境や幼少期の環境など様々な要因によって左右される。人間とは、その人の置かれた状況によって形成された遺伝子の集合体である。

そしてついに、内なる声が私に洞察を与えてくれた。この "やり過ぎ "という言葉は相対的なもので、何の価値も持たず、測定することもできない。すべては自分の優先順位と良心による。"集中力のあるところにエネルギーは流れる "というのがタイトルの要約だ。

優先順位に応じて、それぞれが特定の方向に時間とエネルギーを注ぐ。優先順位を量る共通のプラットフォームや尺度は決して存在しない。ある人にとっては多すぎることでも、他の人にとっては少なすぎるということを理解することが重要だ。

考えて、内省して、連絡をくれ。やあ！あまり考えすぎないことだ。

おっと！またやってしまった。私の言葉を意識的にチェックし続けることを約束しつつ、この本を楽しもう。

58.シチュエーション

70年代生まれの人たちは今、10代や大学生になる子供たちの親になっている。最新のトレンドに後れを取らないことが最も重要である。21世紀は前世紀を上回るスピードで変化を目の当たりにしている。デジタル時代のおかげで、すべての人が安定した仲間を持っている。当てずっぽうでは報われない！そう、携帯電話だ。明るい面は、全宇宙を手にしているようなものだ。しかし、暗い面もある。

無制限にアクセスできる過剰な知識は、コミットメント、信仰、信頼、忠誠心などの価値観がはるかに下位にあるか、あるいは欠落しているような別世界を次の世代にもたらした。その筆頭に挙げられる価値観のひとつが、コミットメントへの恐れである。このような未知の恐怖が、「セフレ」、「紐なし」、「シチュエーション・シップ」といった言葉の進化につながった。

シチュエーション・シップとは、定義されておらず、正式なものでもない恋愛関係のことである。両者に約束はなく、どちらも無料だ。このようなトレンドは増加傾向にあり、私はこの世代がこのコンセプトでいいと考えているのを目の当たりにしてきた。彼らは指を鳴らすだけで交際を始めたり、やめたりする。彼らはすぐに離れてしまうし、彼らの言葉を借りれば、感情的な荷物を持たない。

同時に複数の人物をチェックすることも多い。そしてこれが、彼らがすぐに離れて前に進んでしまう根本的な理由なのかもしれない。(お互いが心地よく、それをオープンにしているのであれば、シチュエーションシップにいることは悪いことではない）。どちらか一方でも問題があれば、助けを求めてください)。

この記事は、この世代を批判するものではない。その崇高な思想は、親たちを眠りから覚まそうとするものだ。そのようなことを知ったとき、私たちは反応的な対応を控え、次のようなことを考えるべきだ。

成熟した、判断力のない対応。インターネット上には、シチュエーションシップに関する記事が数多く掲載されている。

今年最後の週末ということで、読者の皆さんと新しいことを分かち合いたい。他人を、特に次の世代を批判するのはいつも簡単だ。私たちの世代でさえ、私たちのライフスタイルなどに関連して、数え切れないほどの嘲笑を耳にしてきた。最後に、熟考すべき点をいくつか挙げておこう。

このような言葉が生まれた背景には、私たちの行動の何があったのだろうか？私たちもまた、信頼やコミットメントの欠如の兆候を見せているのだろうか？(しかし、私たちはそれを口にしないし、意識もしていない。）私たちはどのようにして、コミットメントの重要性、安定した関係にあることの神聖さを教え込むことができるだろうか？責任は我々にある。

お茶やコーヒーを飲みながら、ニューロンを活性化させよう。

子供たちとともに進化し、彼らを裁かないことを誓おう。彼らに感謝することを誓おう。

世界にはすでに十分な批評家がいる。ご意見をお聞かせください。

]]]

59.ゴースト？

ゴーストとは、相手が何の説明もなくすべてのコミュニケーションを断つことを意味する。これはあらゆることに及ぶようだ。私たちの多くは、友人がメールに返信してくれない、あるいはもっと悪いことに、愛する人がメールや電話に返信してくれないといった、デジタルな離脱の文脈で考えている。これは太古の昔から常に起こってきたことだ。以前は "無視 "と呼んでいたが、今は "ゴースト "という言葉を使っている。私をゴースト扱いしているの？あるいは、私はゴースト化されている。このようなことは、人生のあらゆる領域で、社会的な状況においてより頻繁に起こる。

この言葉を理解することは問題ない。重要なのは、なぜゴーストになるのかを理解することだ。これは、人がこの世界でどのように育てられ、後にその人がこの世界をどのように見るかということに深く根ざしている。私は文学の道を歩きながら、人間の行動や反応は、幼少期の経験や両親との絆の総体であることに気づいた。

もう一つの側面は、誰があなたの人生で優先権を握っているかということだ。より高いレベルにいる人たちをゴーストにすることはない。これは、自分が劣っていると考える人たちだけを対象にしている。義理の母親は、義理の娘からの電話やメッセージに答えたり折り返したりする必要を感じない。しかし、息子や娘、義理の息子にはすぐに返事をする。義理の娘は、その家庭で何十年も過ごしても認知されない。知らず知らずのうちにゴーストや憎しみの種が彼女の心に蒔かれ、地位が上がっても同じように振る舞うかもしれない。

家庭内の環境と、両親と子供たち、その他の親族や援助者の行動が肝心なのだ。将来の大人を育てるのだから、親の義務は大きい。責任は常に親にある。時代の変化とともに、

マインドセットも変化している。我が子の世話は母親の仕事とされてきた。働く女性が増え、子どもはヘルパーやホームケアに預けられたり、祖父母に預けられたりする（最良のシナリオ）。

私はいつもオーラの中で魂に力を与え、やる気を起こさせる。あなたの不在中に、子供があなたの存在を感じられるような戦略や仕組みを考案する必要がある。女性はこれが得意だ。

多くの場合、家庭の主婦である女性は、働いている夫よりも自分の価値が低いと感じている。人は本来、供給者であることを理解する必要がある。稼ぐことは単なる側面であり、主な仕事は、決められた金銭的な額の中で、いかに家を円滑に運営するかである。この男女格差はあまりに大きく、同性が互いを尊重し合えるようにならない限り、決して埋まることはないと私は信じている。

結論として、自分がゴースト扱いされていると感じたら、自分の直感を信じてほしい。そして、ゴーストになっている人は、多くの場合、あなたとは何の関係もないことを理解しようとする。彼ら自身の精神状態、不安、コンプレックスについてだ。これは、あなたよりもむしろ彼らのことを反映している。これは友人関係においては実行可能であり、受け入れられる。人間関係、特に愛する人との関係でこのようなことが起こると、本当に深く傷つく。許して前に進む強さを持ちなさい。

病気の人を批判したり、悪口を言ったりすることはない。そのような人は進化の段階が低い。彼らに同情する。

ゴーストは、あなたの人生の旅路に必要のない魂をフィルターにかける神なりの方法だ。

60.モーニングコール

この記事は、どの世代も批判するのではなく、感化しようとするものである。家族の価値観を伝えるのは親の道徳的義務だ。子供たちも同じで、遺産を引き継ぐ責任は子供たちにある。

どんな新しい世代にとっても、前の 2 つの世代、つまり両親と祖父母からの直接的な影響がある。彼らが身につける価値観は、両親や祖父母の行動に正比例する。以下はセッション中の会話からの抜粋である。

「母さん、僕は父さんのようなサンドウィッチ・ライフを送りたくないし、僕の人生のパートナーにも母さんのような苦しみを味わってほしくないんだ。母親のカルメラはこの言葉を聞いてショックを受け、震え上がった。その間、彼女は子供たちが成長するために素晴らしい環境を与えてきたつもりだったし、配偶者や義理の両親との相違のバランスをとるために最善を尽くしてきた。

幼い頃からずっと、父親が祖母と妻の間に挟まっているのを見てきた。彼の決断は祖父の影響を受けている。彼はずっと生きたいと思っていた人生を送ることができなかった。あなたも多くの調整をしてきた。私はあなた方の苦しみを目撃してきた。あるときは沈黙し、あるときは爆発した。このような出来事を語り出すと、胸が痛む。両親の幸せと満足を見たいんだ」。

カルメラはただ黙って、彼が自分の気持ちを吐露するのを辛抱強く待った。サムは大学の合格通知を受け取ったばかりだった。好きな大学、好きな国で勉強するのが夢だった。子供の頃からの夢だった。カルメラは家族を支え、献身的に働いてきた。

彼女の人生は家族に捧げられた。彼女は子供たちの世話をするために、注目される仕事を辞めた。彼女には、時折よみがえる後悔があった。彼女はうまく対処したつもりでも、息子のサムはそうではないと考えていた。

マア、私はあなたをとても愛しているし、あなたが幸せで充実した人生を送るのを見たい。自分のために生き始める。この何年もの間、祖母がいかにあなたを支配してきたか。叔母やヘルパーでさえ、あなたに敬意を払わない。おばあちゃんからあなたは部外者だと思われているし、これからもそうだろう。状況は変わらない。どうか自分自身を変えて、調和のある生活を送ってください。もうすぐ帰るので心配している。今までは私があなたのクッションだった。

それを聞いたカルメラは涙をこらえることができなかった。サムの背中は彼女の方に向いていたので、母の濡れた頬を見ることはできなかった。「親と別居して何が悪い？そのための調整も準備もできていないのに、なぜ一緒にいなければならないという過度なプレッシャーがかかるのか？独立した空間で平和と調和を保ちながら暮らそう。誰もが自分の人生をデザインしたいと思っている。なぜ人は誰かの道に従わなければならないのか？特に、その道が好きでないときはね」サムは立ち止まり、母親の表情を振り返った。カルメラは最も美しい微笑みを浮かべていた。彼女は、息子が年齢の割に賢く、人生に対する明確なビジョンを持っていることに、母親としての誇りを感じていた。

サムはジェネクストだ。この世代は、家族のモラルや倫理観、文化的価値観の変化の目撃者であり、より賢明である。その前の世代（彼の親の世代、そして現在 40 代後半から 50 代の世代）は、多くのことについて自分自身を混乱させてきた。楽しみ、幸福、集中の定義が曖昧になっている。欧米の文化を模倣しようとして、彼らは飲酒、喫煙、ソーシャルメディアへの過剰なアクセス、早朝までのパーティー、婚外恋愛など、あらゆる悪習を取り入れた、短いドレスなどを着て、子供や家庭を顧みない。

これは、幸せな人生を送るための新しい定義であり、疑似近代化という言葉が正しい。自国の伝統や文化を尊重することは保守的であるとみなされ、西洋文化のバブルの中で生きることは近代的であるとみなされる。立ち止まって考える時間だ！我々はどこへ向かっているのか？私たちは子供たちのためにどんな道を切り開こうとしているのか？選択は常に私たちのものだ。

人生は白か黒かではなく、グレーの濃淡がある。しかし、ある年齢までは善悪について明確なガイドラインを設ける必要がある。成熟してくると、徐々にガイドラインが修正され、より正しいものになる。間違ったという言葉は排除される。

子供が成長することを望む人間になること。

意識的な状態で、幸せで後悔のない人生を送ろうとする。

]]]

61.遺言 -子供たちの言葉で

親は、私たちにこの命を与えてくれたのだから、自分の子供のことを知っていると思う。同じように、子供たちも両親のことを知っている。目を開けて以来、私たちの周りにはあなたがいる。私たちが子どもだったころの気持ちは違っていた。私たちが成長し、大学に通うようになった今、私たちは胸を張って「恵まれている」と言えるし、あなたたちは親として素晴らしい仕事をしてくれたと思っている。

私たちはあなたたちが夫婦として成長するのを見てきたし、その過程であなたたちは私たちに人生の教訓をたくさん教えてくれた。私たちはいつもあなたを見ていたし、あなたの価値観を吸収し、あなたの反応や反応を吸収してきた。悲しい思いをしている人や患者に出会ったら、私たちはいつも母の方法を勧める。

- 学校療法。朝、近くの学校に行くべきだ。小さな子供たちの笑顔と組織化された喧騒は目を楽しませ、緊張した神経を癒すバームのような役割を果たす。私たちは、母親が毎日私たちを学校まで送ってくれたことを誇りに思っている。私たちは彼女の笑顔とポジティブなオーラを覚えている。私たちが大人になって以来、彼女はこの儀式を懐かしんでいる。18 年間、彼女はそうしてきた。

私たちは母が泣くのを見てきたし、母がより力強く、より強くなっていくのを見てきた。私たちは父の暴言と謝罪の証人でもある。このすべての愛、理解、違いの間で、あなたは私たちに、あきらめることはあなたの辞書にはないから、持ちこたえることを教えてくれた。あなたは規律正しい生活を教え込んでくれた。そして今、私たちは仲間との違いを認めることができる。人生に近道はない。

お母さんの努力のおかげで、私たちは国内をほぼ旅行し、世界の半分も旅行した。すべての思い出の中で、私たちは全員が一緒にいる姿を思い描く。子供の頃はその重要性に気づかなかった。大人になった私たちは、安心し、愛された子供時代を過ごしたからこそその愛情、安心感、温かさを感じている。あなたは保護者会やすべての活動にいつも出席してくれています。あなたはいつも無条件の愛とサポートでそばにいてくれた。

私たちは、母親の胎内にいるときから学んできた、人生の基本的なマントラを強化しているのだ。

1. 私は最高だ。これは私自身のレースだ。私は誰とも競争していない。

2. 私のライバルは私だ。最高の自分になりたい。

3. 私は敬虔で、パワフルで、完全で、やる気があって、幸せな人間だ。

4. 年長者を敬い、仲間を思いやり、後輩を愛する。

5. 私は人間性と人類への奉仕を信じている

6. 教育は旅であり、目的地ではない。私たちはこの旅を楽しんでいる。

7. 午後10時から午前4時までは神経細胞を保護する時間なので、午後10時には眠り、午前6時には起きる。

8. 私は生涯、毎日朝日を拝むことを誓う。今が自分自身を充電する最高の時だ。

9. 自己鍛錬、粘り強さ、忍耐、一貫性、これが黄金の鍵だ。

10. 何か問題があれば、親に打ち明けるつもりだ。

11. 普段の勉強や仕事のほかに、スポーツやダンスなど体を動かす時間も作りたい。

Momsie Popsie Diary 2.0 人生のタペストリーを再構築する

12. バランスの取れた食事をする。できるだけ家庭料理を食べるようにする。

13. 小説や寝物語、漫画など、本を読むことに時間を割く。

14. テレビ、携帯、ソーシャルメディアの視聴時間に制限を設ける。

私たちの母のスタイルで言えば、上昇し続け、輝き続ける。魔法の粉を振りまき続けてくれ。

]]]

ラストシーン

出版書籍リンク集

第1巻

"MOMSIE POPSIE DIARY 人生を生きるためのティータイム雑談"

読者の皆さん、こんにちは、

私の最初の本は、ペーパーバックと電子書籍として、インドと国際市場のすべてのeコマースサイトで入手可能です。

インドのリンク

- https://www.amazon.in/dp/1649516959
- https://notionpress.com/read/momsie-popsie-diary
- https://notionpress.com/read-instantly/1336965
- https://www.flipkart.com/momsie-popsie-diary-tea-time-chit- chat-living-life/p/itma70341551be39?pid=9781649516954 &affid=editornoti

電子書籍リンク

- Amazon Kindle -https://www.amazon.in/MOMSIE-POPSIE- DIARY-TIME-LIVING-ebook/dp/B08M6FPDJV

グーグルプレイ

https://play.google.com/store/books/details/JUJU_S_PEARLS_MOMSIE_POPSIE_DIARY?id=fkcFEAAAQBAJ

アイブック

https://books.apple.com/us/book/momsie-popsie-diary/id1538582528?ls=1

工房

https://www.kobo.com/in/en/ebook/momsie-popsie-diary

国際リンク

米国、オーストラリア、シンガポール向け -https://www.amazon.com/ dp/1649516959

英国向け -https://www.amazon.co.uk/dp/1649516959

カナダ向け -https://www.amazon.ca/dp/1649516959

第2巻

"#versesoflove

"「#versesoflove」。短編集 Amazonセールスランクアンソロジー部門54位インドのリンク

https://www.amazon.in/dp/1638507236

https://notionpress.com/read/versesoflove#predition

https://www.flipkart.com/versesoflove/p/itmf731db-90105d8?pid=9781638507239&affid=editornoti

電子書籍

https://notionpress.com/read/versesoflove#ebook

米国向けhttps://www.amazon.com/dp/1638507236

英国向けhttps://www.amazon.co.uk/dp/1638507236

"我を愛せよ、あなたの命が尽きるまで"

読者の皆さん、こんにちは、

私の3冊目の 本、"Love Me, Till Your Cessation!"のリンクをシェアします。

- https://www.amazon.in/dp/9354528732
- https://play.google.com/store/books/ 詳細 ?id=RvZcEAAAQBAJ
- https://www.flipkart.com/love-me-till-your-cessation/p/ itm3dbf9b3209432?pid=9789354528736

第4巻

"紙に書いた私の気持ち 第1巻 私の心は続く"

私の4冊目の 本のリストリンクをシェアする。

- アマゾン・ペーパーバック - https://www.amazon.com/ dp/9355972113
- アマゾンの電子書籍 - https://www.amazon.in/dp/B09TGZWH55
- 浮世絵文庫 -

https://www.ukiyotoindia.com/product- page/my-feelings on-the-paper

プレスリリースのリンク-インディア・サーガ

- https://theindiasaga.com/saga-corner/lifetsyle/my-heart-goes- オン・シリーズby-ukiyoto-パブリッシング-眩惑のバレンタイン・マンスリー数多くの作家が手紙を通じて愛を宣言している。

ワイド・アウェイク第1巻

読者の皆さん、

私のタイトル"Wide Awake Volume I"が発売された。

私のストーリーは72ページの"彼女は人生という奇跡を生きている！"に掲載されている。

このストーリーは、映画／OTT／ウェブシリーズのピッチ用に選ばれている。

- アマゾンの電子書籍 - https://www.amazon.in/dp/B09VCL5VWN
- アマゾン・ペーパーバック -https://www.amazon.com/dp/9354902480
- 浮世絵ペーパーバック - https://www.ukiyotoindia.com/product- page/wide-awake-volume-i

第6巻

自分の人生を調整する方法

読者の皆さん、こんにちは、

私の6冊目の 著書「How I calibrate my life」のリンクを

紹介する。

- アマゾンリンク -
https://www.amazon.in/dp/B0B468LWN2?ref
=myi_title_dp
アマゾン・キンドル -
https://www.amazon.in/dp/B0B46DBL2T

第7巻

コルカタ・ダイアリー第2巻

読者の皆さ
ん、

拙著『コルカタ・ダイアリー』第2巻のリンクと詳細を以下に掲載する。

- Ukiyoto India (all variants) -
https://www.ukiyotoindia.com/ product-page/the-kolkata-diaries-volume-ii

アマゾン

- 電子ブック - https://www.amazon.in/dp/B0B6Q5JMBN

Amazon ペーパーバック - https://www.amazon.in/Kolkata-Diaries- II-Jujus-Pearls/dp/9390510678/

第8巻
夏の波の巻、

読者の皆さ

ん、

私の8冊目の 著書『Summer Waves Volume II』のリンクを以下に掲載する、

- Ukiyoto All Variants - https://www.ukiyotoindia.com/product- page/summer-waves-volume-ii
- アマゾンの電子書籍 - https://www.amazon.in/dp/B0B8DRC9N5
- アマゾン・ペーパーバック - https://www.amazon.com/ dp/9355970854

インドからの物語 第1巻

読者の皆さん、

出版記念会：2022年9月18 日、ビバンタ・タージ・ニューデリー 私の物語が最初に掲載されます。

"偉大なるインドの結婚ファサード"

- Ukiyoto All Variants - https://www.ukiyotoindia.com/product- page/stories-from-india-volume-i
- アマゾンの電子書籍 - https://www.amazon.in/dp/B0B8XMWTH5
- アマゾン・ペーパーバック -https://www.amazon.com/ dp/9355970978

第10巻

マイ・マインズ・カフェ 愛を求める28の物語

読者の皆さん、

拙著『My Mind's Cafe 28 stories for a love tooth』のリンクを以下に掲載します。

プリントブック・インディア

- ノティオン・プレスストア：https://notionpress.com/read/my-mind-s- caf
- Amazon.in:https://www.amazon.in/My-Minds-Caf%C3%A9- Stories-Tooth-ebook/dp/B0BG5ZQXHS/
- Flipkart:https://www.flipkart.com/my-mind-s-caf-28-stories- love-tooth/p/itm79066808f1eb2?pid=9798887333984

電子書籍

- アマゾン・キンドル：https://www.amazon.in/My-Minds- Caf%C3%A9-Stories-Tooth-ebook/dp/B0BG5ZQXHS
- 工房：https://www.kobo.com/in/en/ebook/my-mind-s-cafe
- Google Play:https://play.google.com/store/books/details/Juju_s_Pearls_My_Mind_s_Caf%C3%A9?id=D0uJEAAAQBAJ

インターナショナル・プリント・ブックス

- https://www.amazon.com/dp/B0BDSBJTXR
- https://www.amazon.co.uk/dp/B0BDSBJTXR

BOOK 11

テイルズ・イン・ザ・シティ 第1巻

読者の皆さん、

こんにちは

11冊目の 本が出版されたので、リンクをシェアします。タイトルテイルズ・イン・ザ・シティ 第1巻

短編映画化（全フォーマットで入手可能）

- https://www.ukiyotoindia.com/product-page/tales-in-the-city- ボリュームアイ

第12巻

花びらとチョコレート

読者の皆さん、

こんにちは

私の12 冊目の 本「Petals & Chocolate Volume III」のリンクを以下に掲載する。

- https://www.ukiyotoindia.com/product-page/petals- チョコレート

ナイラの巻

読者の皆さん、こんにちは、

私の13 冊目の著書『Nyra Volume II』のリンクを以下に掲載する。

- https://www.ukiyotoindia.com/product-page/nyra-volume-ii

14巻

ディア・マム

読者の皆さ

ん

私の14 冊目の 本『Dear Mom Volume II』が発売されたことをお知らせします。これは、権威ある世界最古のブックフェアであるフランクフルト・ブッフメッセ・ブックフェアに出展される、

2023年10月18日～10月22日すべてのフォーマットで入手可

能：

- https: //w ww .ukiyotoindia.com/product-page/dear-mom- volume-ii
- この本には、私の短編が第1話として掲載されている。これは私の母についての13章からなる簡潔な伝記である。正義を貫き、見識を深めてもらうために最善を尽くしたつもりだ。

- ＊＊＊

著者を知る

昼は放射線技師 夜は作家

ジュジュズ・パール（リーマンシュ・バンサル）はインドのニューデリー出身。現在はインドのパンジャブ州を拠点に活動している。放射線科医、作家、ブロガー、ブックコーチ、社会活動家、旅行家、カウンセラー。ムンバイのタタ記念病院での放射線診断の研修が彼女の人生の転機となった。彼女は悲しみから解放される解決策を探す旅に出た。彼女は『聞く耳』こそが他人の心をつかむ鍵であることを学んだ。

彼女は情熱的な作家であると同時に、献身的なプロフェッショナルでもある。彼女のセンターには女性スタッフしかいない。彼女はスラム街の家族を養子として迎え、その子供たちのために夜間学校を運営している。彼女は女性や子供に関する社会プロジェクトの推進者である。彼女は定期的にウォーキング・チャレンジに参加している。グリーンピース・イニシアチブの活動家である彼女は、自転車を生活の手段として取り入れている。彼女はIRCSの終身会員であり、WWFのボランティアであり、親しい人への誕生日プレゼントとして樹木を採用している。全身の健康のために、瞑想とヨガを定期的に行っている。

彼女の家族はインド国内外を旅してきた。旅をして異文化を体験することは、誰にとっても、特に子どもたちにとっては、不思議な薬のようなものだと彼女は信じている。これこそ、子供の心に痕跡を残す本物の教育なのだ。家族の時間や休暇は、絆を深めるだけでなく、自信や人格形成にも役立つ。彼女は母親から教えられた「シンプルな生活、高い思考」を実践している。

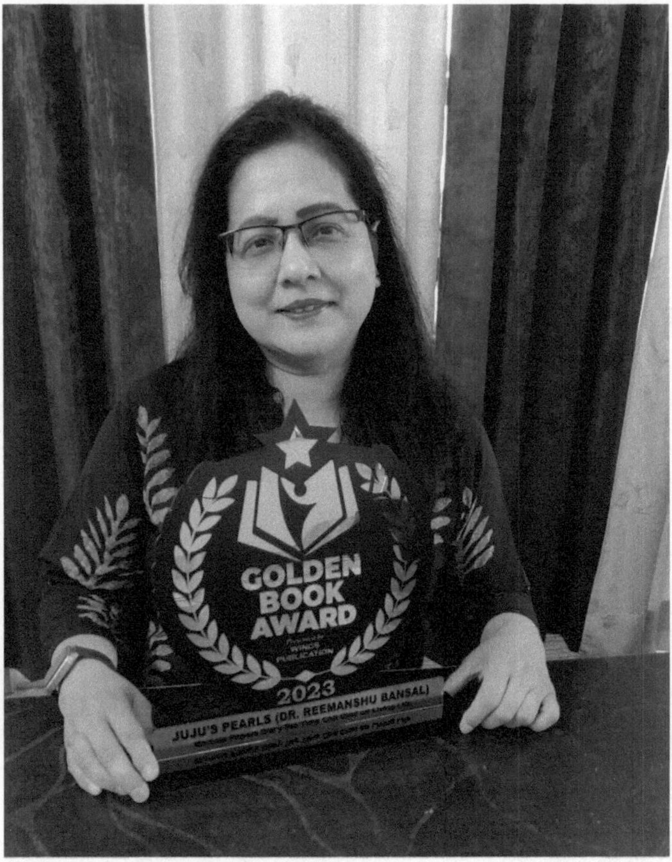

彼女の個人ブログ（reemanshu.blogspot.com）は世界中に読者を持つ。彼女の職場でのティータイムは、カウンセリングや治療セッションへと発展した。ペンネーム"Juju's Pearls"のもと、自身の人生経験を独自のスタイルで発信している。彼女の最初の著書『*Momsie Popsie Diary Tea-Time Chit-chat on Living* Life』は、アマゾンのベスト・ホット・ニュー・セラーとして2位にランクされた。彼女の10冊目の著書『*My Mind's Café 28 stories for a Love* Tooth』は、アマゾンのベスト・ホット・ニュー・セラー第9位にランクインした。書籍はペー

パーバックおよびe-Bookとして、インドおよび国際市場のすべてのeコマースサイトで購入できる。コルカタの国際ブックフェア、ワールド・ブックフェア、ゴア・フィルム・バザール、フランクフルター・ブッフメッセ・ワールド・ブックフェアで彼女の本が紹介された。彼女のストーリーは、OTTプラットフォームやGoa film Bazaarに提供されている。ある本は短編映画化されている。

単著2冊、共著12冊の計14冊の著書がある。彼女はJRC（Juju's Reader Club）という読者クラブをオフラインとオンラインの両方で運営している。彼女は本を読む文化を復活させる使命を担っている。

マインズ・カフェ-reemanshu.**blogspot.com** で彼女の最新ビールをチェックしよう。

彼女のインスタ・ハンドルをフォロー：**reemanshubansal**
Facebookページに参加する：**ジュジュの読者クラブ**

LinkedIn：Reemanshu（Juju's Pearls）Bansal お問い合わせはreemanshu2003@gmail.comまで

サヴィカ・バンサルは医師で、パンジャブ州パティアラの政府医科大学のインターンである。彼女の形成期は、医療、癒し、愛、ケア、ソーシャルワークの素晴らしい世界に触れてきた。父方の祖父と両親は医者である。

幼稚園の頃から学業も課外活動も優秀で、10年生ではCGPA10を満点で取った。

医学部に入るのは意識的な選択だった。彼女は同州の名門医大に一浪して入学した。

学業とは別に、旅行前に旅程を準備したり、旅行日記を書いたりするのが好きだ。趣味は執筆、旅行、音楽鑑賞、ダンス。彼女の強みは逸話を書くことだ。

彼女はボランティア活動が大好きだ。最近、彼女はスラムで暮らす女性たちのために募金活動を始めた。彼女は、個人衛生と月経衛生について教育し、骨盤内感染を最小限に抑えるために健康的な月経習慣を取り入れるよう動機付けた。彼女のクラウドファンディング「Raksha」からの資金は、これらの女性たちに毎月無料で生理用ナプキンを提供するために使われる。100人以上の受益者がいる。

インド赤十字社の終身会員。

彼女は、世界を旅し、よく生き、医療分野で卓越した幸せな魂として、この世に足跡を残したいと考えている。

彼女は本書で共著者としてデビューした。

アーディティヤ・バンサルは12年生で、医学部を専攻している。幼稚園の頃から学業も課外活動も優秀だった。高校入学前にオリンピアードとインディアン・タレントの試験を受け、英語、科学、数学、社会科学の各科目で金メダルと優秀賞を獲得した。全国英語エッセイコンテストでは州ランク2位。

彼の形成期は、医療、癒し、愛、ケア、ソーシャルワークの素晴らしい世界に触れてきた。父方の祖父と両親は医者である。

学業以外では、歌うこと、歌を聴くこと、旅行が好きだ。彼は熱烈なペット愛好家で、後年はたくさんのペットを飼いたいと考えている。彼の心は野良犬のために鼓動し、彼らに保護施設を提供したいと願っている。

さまざまなジャンルの本を読むのが好きで、自分の図書館を持っている。ギリシャ神話、エジプト神話、ヒンドゥー教など、さまざまな神話を読むのが好きだ。

野良動物たちのために働き、シェルターやレスキューハウスを建設し、世界中を旅し、医療分野でプロとして優れた業績を残した幸せな魂として、この世に名を残したいのだ。

インド赤十字社の終身会員。彼は本書で共著者としてデビューした。

G-NEXTへのメッセージ

好きなことをすれば、仕事は趣味になり、人生はピクニックになる。人生とは、自分を律し、内省し、集中し続けることだ。自分自身を大切にし、この体の管理人だと考えてほしい。魂を意識した状態になるよう努力する。自発的な人間は常に他人を鼓舞する。他に魔法のような方法はない。人生のなるべく早い時期にロールモデルを持つようにする。

常に "Aspire to Inspire "である。あなたの人生は多くの人にインスピレーションを与えている。

私のメッセージ、特に若者へのメッセージは、『今、起きている人生の一瞬一瞬を大切に生きる』ということだ。生きている一瞬一瞬を大切にしなければならない。人生は一度きりなのだから、学習者であり、探求者であれ。仕事以外に自分を優先し、趣味の時間も確保する。

これからの時代は挑戦の時代だ。マインドセットがすべてだ。強いマインドを持った人間は生き残る。脳と心臓、そして脳と舌。学業とキャリアに専念する。愛は待つことができる。人生には何事にも適切なタイミングがある。学生生活は、教育、総合的な成長、キャリアに焦点を当てるべきである。

完全に意識し、自覚した状態で生きる人生は、最も強力な依存症である。

病みつきになる。

エピローグ

動詞は動き、スクリプトは動く”

（話し言葉は飛び去り、書き言葉は残る」という意味のラテン語のことわざ）。

これからの世代はルーツとの接点を失いつつある。絆を守ることは我々の道徳的義務だ。私たちのルーツである豊かな遺産、文化、モラル、価値観を、私たち全員が納得し、誇りに思うべきだということを理解する必要がある。そうしてこそ、同じことを力強く伝え、伝えていくことができる。

人生の目的について考える必要がある。この地上に存在するすべての魂には目的がある。だからこそ、書くことによって価値観や経験を共有することが何よりも重要なのだ。教科書に書かれた文字は残る。

人生は多次元的だ。校正も定義もできない。無限、無限、無限なのだ。オープンハートで、両手を広げて歓迎しよう。この本が心に響く、あるいは共鳴してくれることを願っている。大らかに、自分で選んだ人生を生きるために、人は自分の道具と方法を作る必要がある。

マミー・ポプシー日記』は、このような目的を果たすため、普段あまり語られることのない、根本的な原因となっている様々な領域をカバーする全7巻のシリーズを目指している。

死ぬのは一度だけだ。あなたは毎日を生きている。毎日をパワフルに、生産的に。

愛し続け、思いやり続ける 読み続け、分かち合い続ける

作家賞

1. ゴールデンブックアワード2023
2. バーラト・ヴィブーシャン 2023年
3. 2023年の最も象徴的な医師＆作家
4. 2023年の作家
5. インパクトある作家賞トップ50 2023
6. 2023年インド女性100人達成者
7. 2023年タゴール記念文学賞受賞作家、そしてその先へ
8. 2023年SRG文学賞最優秀タイトル小説賞
9. 優勝 の 文学 賞 2022 ノンフィクション-ベスト伝記/回想録'
10. 2022年の新進作家賞」受賞者
11. インド・プライム・トップ100作家2022」受賞者
12. タゴール記念文学賞受賞作家、2022年以降も活躍へ
13. インディア・スター・インスパイアリング・ウーマン・オブ・ザ・イヤー2022（オールラウンダー）」受賞者
14. サヒターコシュ・サマン」文学作品表彰
15. 文学賞、リットフェスト22
16. ワールド・ブック・デイ、ブックオナー賞受賞

17. 2022年タゴール記念「優秀賞」受賞者

18. 受賞者部門「インディア50インスパイアリング・ウーマン2022

19. 年間最優秀インフルエンサー」受賞者

20. インスパイアリング・インディアンズ2022」受賞者

21. 受賞者「医療分野を超えた優れた執筆活動

22. 2022年インド人を鼓舞するフェローシップ証書

23. LIFEST22の「必読書棚」にある本

24. リトラトゥーラ誌（4月22日号、7月22日号、4月23日号）掲載。

25. コルカタ国際ブックフェア、ニューデリー世界ブックフェア、ゴア映画祭、フランクフルター・ブッフメッセ・ブックフェアに出品

26. バーラト・ガウラヴ・シュリー・サンマーン」ノミネート

27. 米国TCK出版「リーダーズ・チョイス・アワード2022」ノミネート

作家による活動

1. **JRC - ジュジュの読者クラブ**

   本好きが毎月第一火曜日に集まる。お茶やコーヒーを飲みながら、さまざまなジャンルの本について話し合う。

2. **ソーシャル・プロジェクト**

   ラクシャ スラムに住む女性たちに生理用ナプキンを無料で提供することで、月経と一般衛生に関する女性の意識を高めることを目的とする。彼らは生理中に布を使うのをやめた。

   ウダーン スラムに住む子どもたちが夜間の移動学校で学ぶ意欲を高め、基礎教育を身につけることを目指す。そして、普通の公立学校への入学を支援する。

   Jaagruktaキャンプ（啓発キャンプ）： スラムに住む女性たちに啓発キャンプを行うことを目的とする。彼らが学べる様々な技能について知ってもらい、SHG（自助グループ）の結成を支援し、技能習得コースを手配し、経済的に自立できるようにする。

Momsie popsie Diary
Tea time chit chat on living life
Juju's Pearls
My Mind's Café
Juju's Pearls
DEAR Mom
Stories from India
TALES IN THE CITY
My Feelings on the Paper
Oh holy night
Petals & Chocolates
THE KOLKATA DIARIES
Volume II
WIDE AWAKE
Volume I
Summer Waves
Love Me, Till Your Cessation!
Compiled By- Pragati Giri
#Versesoflove
A Collection of Short Stories
How, I Calibrate My Life!
Pragati Giri

私の使命に参加しよう。

–読書文化の復活

カルペ・ディエム

これは便利だ！

Momsie Popsie Diary 人生の一コマシリーズ

www.ingramcontent.com/pod-product-compliance
Lightning Source LLC
LaVergne TN
LVHW041220080526
838199LV00082B/1327